SALUT
UN ROMAN D'ASH PARK

MEGHAN O'FLYNN

CHAPITRE 1

Qu'est-ce que tu veux devenir, petit ?

La voix du sergent instructeur résonnait dans la tête d'Edward Petrosky, bien que cela fasse deux ans qu'il ait quitté l'armée, et six ans qu'on lui ait aboyé cette question. À l'époque, la réponse avait été différente. Même un an auparavant, il aurait dit — flic —, mais c'était plus parce que cela semblait être une échappatoire à l'armée, tout comme la guerre du Golfe avait été une échappatoire au silence pesant de la maison de ses parents. Mais l'envie de s'échapper était passée. Maintenant, il aurait dit — Heureux, monsieur — sans la moindre trace d'ironie. L'avenir s'annonçait bien ; meilleur que le début des années 90 ou les années 80, ça c'était sûr.

Grâce à *elle*.

Ed avait rencontré Heather six mois plus tôt, au printemps précédant son vingt-cinquième anniversaire, alors que l'air d'Ash Park sentait encore la mort terrestre. Maintenant, il se retournait sur les draps violets qu'elle avait appelés — prune — et passait un bras autour de ses épaules, le regard fixé sur le plafond au crépi. Un petit demi-sourire jouait sur son visage avec un étrange tic à un coin, presque un spasme, comme si ses lèvres ne savaient pas si elles devaient sourire ou froncer les sourcils. Mais les coins de ses yeux encore fermés étaient plissés — définitivement un sourire. *Au diable le jogging*. La nuit où il l'avait rencontrée, elle avait souri comme ça. À peine 4 degrés dehors et elle enlevait son manteau de cuir, et le temps qu'il s'arrête, elle avait enveloppé la veste autour de la femme sans-abri assise sur le trottoir. Sa dernière petite amie avait l'habitude de fourrer du pain à l'ail supplémentaire dans son sac à main quand ils sortaient manger, mais refusait de donner ne serait-ce qu'un quart de dollar aux affamés, invoquant le — manque de volonté — de ces dégénérés. Comme si quelqu'un choisirait de mourir de faim.

Heather ne dirait jamais quelque chose comme ça. Son souffle était chaud contre son épaule. Ses parents l'aimeraient-ils ? Il s'imaginait conduire les trente minutes jusqu'à Grosse Pointe pour Thanksgiving la semaine prochaine, s'imaginait assis à leur table à manger antique, celle avec la nappe en dentelle qui couvrait toutes les cicatrices. — Voici Heather —, dirait-il, et son père hocher ait la tête, impassible, tandis que sa mère offrirait du café avec raideur, ses yeux bleu acier jugeant silencieusement, ses lèvres pincées en une ligne mince et exsangue. Ses parents poseraient des questions à peine voilées, espérant qu'Heather venait d'une famille aisée — ce n'était pas le cas — espérant qu'elle ferait une bonne femme au foyer ou qu'elle rêvait de devenir enseignante ; bien sûr, seulement jusqu'à ce qu'elle lui donne des enfants. Des conneries du Moyen Âge. Ses parents n'aimaient même pas Hendrix, et ça en disait long. On pouvait cerner n'importe qui en demandant son opinion sur Jimi.

Ed prévoyait de dire à ses parents qu'Heather était travailleuse indépendante et de s'en tenir là. Il ne mentionnerait pas qu'il l'avait rencontrée lors d'une opération contre la prostitution, ni que le premier bracelet qu'il avait mis à son poignet était en acier. Certains pourraient arguer que le début d'une grande histoire d'amour ne pouvait pas impliquer la prostitution et une quasi-hypothermie, mais ils auraient tort.

D'ailleurs, s'il n'avait pas mis Heather dans sa voiture de patrouille, une des autres unités l'aurait fait. Une autre fois, une autre fille, il aurait peut-être réagi différemment, mais elle reniflait, pleurant si fort qu'il pouvait entendre ses dents claquer. — Ça va ? — avait-il demandé. — Tu as besoin d'un verre d'eau ou d'un mouchoir ? — Mais quand il avait jeté un coup d'œil dans le rétroviseur de la voiture de patrouille, ses joues étaient mouillées, ses mains frottant frénétiquement ses bras, et il avait réalisé que ses tremblements étaient plus dus au froid.

Heather s'étira maintenant avec un bruit qui était à moitié gémissement, à moitié miaulement, et se blottit plus loin sous les couvertures. Ed sourit, laissant son regard dériver au-delà de son épaule vers son uniforme sur la chaise dans le coin. Il n'arrivait toujours pas à croire qu'il l'avait démenottée sur le parking du supermarché et l'avait ensuite laissée assise dans la voiture chauffée pendant qu'il se dirigeait seul vers le magasin. Quand il était revenu avec un épais manteau jaune, ses yeux s'étaient remplis, et elle lui avait souri à nouveau d'une manière qui lui avait fait sentir son cœur quatre fois plus grand, l'avait fait se sentir plus grand comme s'il était un héros et non l'homme qui venait d'essayer de l'arrêter. Ils avaient parlé pendant des heures après ça, elle chuchotant d'abord et regardant par les fenêtres comme si elle pouvait avoir des ennuis rien qu'en parlant. Elle ne lui avait pas dit alors qu'elle détestait le jaune — il l'avait découvert plus tard. Ce n'est pas comme s'il y avait eu beaucoup d'options dans ce supermarché au bord de l'autoroute de toute façon.

Ed laissa sa vision se relâcher, son uniforme noir se floutant contre la chaise. Heather lui avait dit qu'elle n'avait jamais parlé à personne de cette façon auparavant, si ouvertement, si facilement, comme s'ils se connaissaient depuis toujours. Cela dit, elle avait aussi dit que c'était la première fois qu'elle faisait le trottoir ; les chances que ce soit vrai étaient minces, mais Ed s'en fichait. Si le passé d'une personne la définissait, alors il était un meurtrier ; tuer quelqu'un en temps de guerre ne rendait pas la personne moins morte. Lui et Heather recommençaient tous les deux à zéro.

Heather gémit doucement à nouveau et se rapprocha de lui, ses yeux clairs mi-clos dans la pénombre. Il écarta la mèche acajou solitaire collée sur son front, accrochant accidentellement son doigt calleux au coin du cahier sous son oreiller — elle avait dû rester éveillée pour écrire des notes sur le mariage à nouveau.

— Merci d'être venu avec moi hier, chuchota-t-elle, sa voix rauque de sommeil.

— Pas de problème. Ils avaient emmené son père, Donald, à l'épicerie, les doigts noueux de Donald tremblant chaque fois qu'Ed baissait les yeux vers le fauteuil roulant. Insuffisance cardiaque congestive, arthrite — l'homme était dans un sale état, incapable de marcher plus de quelques mètres depuis plus d'une décennie, et selon toute vraisemblance, ne devrait pas être en vie maintenant ; généralement, l'insuffisance cardiaque congestive emportait ses victimes en moins de cinq ans. Une raison de plus de sortir de la maison et de profiter de chaque jour, disait toujours Heather. Et ils avaient essayé, avaient même emmené son père au parc à chiens, où le pinscher nain du vieil homme avait jappé et couru autour des chevilles d'Ed jusqu'à ce qu'Ed le prenne et gratte sa tête duveteuse.

Il s'allongea sur l'oreiller à côté d'elle, et elle fit glisser ses doigts sur les muscles durs de son bras et sur sa poitrine, puis nicha sa tête dans son cou. Ses cheveux sentaient encore l'encens de l'église d'hier soir : épicé et doux avec une légère amertume de brûlé par-dessus son shampooing à la gardénia. Les offices religieux et le bingo hebdomadaire de Donald étaient les seules sorties auxquelles Petrosky se dérobait. Quelque chose dans cette église dérangeait Ed. Sa propre famille n'était pas particulièrement religieuse, mais il ne pensait pas que c'était le problème ; peut-être était-ce la façon dont le pape portait des chapeaux fantaisistes et des sous-vêtements dorés, pendant que des gens moins fortunés mouraient de faim. Au moins, le père Norman, le prêtre de Heather, donnait autant qu'il recevait. Deux semaines auparavant, Petrosky et Heather avaient apporté trois sacs poubelle de vêtements et de chaussures que le père avait collectés au refuge pour sans-abri où Heather était bénévole. Puis ils avaient fait l'amour sur la banquette arrière nouvellement vidée de sa voiture. Quelle femme pourrait résister à une vieille Grand Am aux freins grinçants et à l'intérieur qui puait l'échappement ?

Heather embrassa son cou juste sous son oreille et soupira.

— Papa t'aime bien, tu sais, dit-elle. Sa voix avait la même qualité rauque que l'air glacial d'automne qui faisait bruire les branches dehors.

— Bah, il pense juste que je suis un type bien parce que je fais du bénévolat au refuge.

Ce qu'Ed ne faisait pas. Mais des semaines avant qu'Ed ne rencontre l'homme, Heather avait dit à son père qu'elle et Ed travaillaient ensemble au refuge, et même après qu'il eut été présenté à Donald, elle n'avait pas dit à son père qu'ils sortaient ensemble. Il pouvait comprendre cela cependant — l'homme était strict, surtout avec sa fille unique, un autre parent de l'ère « qui aime bien châtie bien ». Comme le propre père d'Ed.

Une boucle tomba dans son œil, et elle la souffla.

— Il pense que vous avez beaucoup en commun.

Donald et Ed passaient la plupart de leur temps ensemble à parler de leurs affectations au Vietnam et au Koweït, respectivement, mais ils n'avaient jamais discuté exactement de ce qu'ils y avaient fait. Ed supposait que c'était une autre raison pour laquelle Donald aimait bien le père Norman ; le prêtre avait été soldat avant de rejoindre l'église, et rien ne transformait les hommes en frères comme les horreurs du champ de bataille.

— J'aime bien ton père aussi. Et l'offre tient toujours : s'il a besoin d'un endroit où rester, on peut s'occuper de lui ici.

Elle changea de position, et le parfum de gardénia et d'encens emplit à nouveau ses narines.

— Je sais, et c'est gentil de proposer, mais on n'a pas besoin de faire ça.

Mais ils le feraient, éventuellement. Un malaise picota au fond du cerveau d'Ed, un petit glaçon de givre qui se répandit jusque dans la moelle de sa colonne vertébrale. Donald avait travaillé à la poste après la guerre, pendant la petite enfance de Heather, et après le suicide de sa femme, mais son cœur l'avait mis hors service quand Heather était adolescente. L'homme avait mis un peu d'argent de côté, mais si Heather avait été assez désespérée pour vendre son corps, le petit nid soigneusement constitué par Donald devait être en train de s'épuiser.

— Heather, on pourrait...

— Il ira bien. J'économise depuis la mort de ma mère,

juste au cas où. Il a plus qu'assez pour subvenir à ses besoins jusqu'à ce qu'il... s'en aille.

Si elle a tout cet argent, pourquoi aller dans la rue ?

— Mais...

Elle couvrit sa bouche de la sienne, et il posa sa main sur le bas de son dos et la serra plus fort contre lui. Était-ce la façon de son père de maintenir son indépendance en vivant dans son propre appartement ? Ou était-ce celle de Heather ? Dans tous les cas, son intuition lui disait de ne pas insister, et l'armée lui avait appris à écouter son instinct. Son père était un sujet que Heather abordait rarement. Probablement la raison pour laquelle Ed n'avait pas su que sa relation avec Heather était un secret... jusqu'à ce qu'il laisse échapper l'information. Et le lendemain, il était rentré du travail, et les affaires de Heather étaient dans sa chambre. *C'est parfait pour nous, Ed. Je peux rester ?*

Pour toujours, avait-il dit. *Pour toujours.*

Allaient-ils trop vite ? Il ne se plaignait pas, ne voulait pas d'une longue cour interminable, mais cela ne faisait que six mois, et il ne voulait jamais que Heather lui lance le même regard que sa mère lançait toujours à son père : *Mon Dieu, pourquoi es-tu encore en vie ? Va donc mourir que je puisse avoir quelques années heureuses seule avant de passer l'arme à gauche.*

— Es-tu heureuse ici ? lui demanda-t-il. Avec moi ?

Peut-être devraient-ils ralentir un peu les choses. Mais Heather sourit de cette façon nerveuse et saccadée qui lui était propre, et sa poitrine se réchauffa, le glaçon dans sa colonne vertébrale fondant. Il était sûr. Son instinct lui disait : « Bon sang, épouse-la tout de suite. »

— Plus heureuse que je ne l'ai jamais été, dit-elle.

Ed embrassa le sommet de sa tête, et comme elle se cambrait contre lui, il sourit dans la grisaille subtile de l'aube. Tout sentait plus doux quand on avait vingt-cinq ans et qu'on en avait fini avec le service actif dans le sable, quand tous les chemins s'offraient encore à vous. Il avait vu des trucs, Dieu savait qu'il en avait vu, et ça lui revenait encore la nuit : l'horreur des camarades abattus à côté de lui, le brouillard brûlant de la poudre dans l'air, le goût métallique du sang. Mais tout cela semblait si loin ces jours-ci, comme si rentrer chez lui l'avait transformé en quelqu'un d'autre, quelqu'un qui n'avait jamais été soldat du tout — toute cette merde militaire était le bagage de quelqu'un d'autre.

Il traça la courbe douce de la colonne vertébrale de Heather et laissa l'éclat de porcelaine de sa peau dans la pénombre du matin effacer les derniers vestiges de mémoire. Même avec les rues couvertes de neige fondue qui vous gelait les orteils dès que vous mettiez un pied dehors, son sourire — ce petit sourire excentrique — le réchauffait toujours.

Oui, cette année allait être la meilleure de la vie d'Ed. Il le sentait.

CHAPITRE 2

Ed alluma une cigarette et souffla la fumée par la fenêtre givrée, entrouverte malgré un froid polaire. Patrick O'Malley lui lança un regard désapprobateur, ses sourcils noirs se rejoignant au centre de son front plat. Ed avait toujours pensé que les Irlandais étaient roux, mais celui-ci avait les cheveux et les yeux plus sombres que les Italiens.

— Tu vas encore me faire chier avec la fumée ? marmonna Ed.

— Pas aujourd'hui, répondit Patrick au pare-brise, se grattant la tempe où quelques mèches grises parsemaient ses cheveux près du bord de son chapeau réglementaire. J'attendrai demain pour te dire que tu vas mourir d'un cancer du poumon.

— Les médecins ont dit à ma mère de fumer quand elle était enceinte parce que c'était bon pour elle, dit Ed en tirant plus profondément sur sa cigarette. Quelque chose à propos de contrôler son poids, même si sa mère avait quand même exprimé son dégoût pour *sa* consommation de tabac, et contrairement à Patrick, elle l'avait dit d'une manière qui faisait culpabiliser Ed au lieu de le rendre défensif. Les mères étaient douées pour culpabiliser sans même essayer — comment pouvait-on jamais rembourser une femme pour avoir mis au monde votre gros cul braillard ?

— Le tabagisme sain est aussi rare que les dents de poule.

Putain d'Irlandais. Mais Ed n'était que muscles sous son uniforme de policier, et il courait presque une heure tous les matins sans perdre son souffle — jusqu'à ce qu'il ne puisse plus le faire, il passerait son tour pour reconsidérer son habitude tabagique. — Je vais te montrer des dents de poule. Il souffla une bouffée de fumée au visage de Patrick, qui plissa les yeux, fronça les sourcils et baissa sa vitre.

— Tu peux te tuer autant que tu veux, mais ne m'entraîne pas avec toi ! Patrick renifla fort et essuya la minuscule trace de poudre blanche sous une narine. Ed détourna le regard. La coke n'avait jamais empêché Patrick de faire son travail, et la moitié des soldats en poste avec Ed à l'étranger n'auraient pas pu faire face s'ils ne s'étaient pas shootés à l'héroïne le soir.

— Tu t'en sortiras, Paddy.

— Ce n'est pas pour moi. Ton nouveau manteau va puer la merde, et tu as passé une heure à le choisir.

Ed jeta un coup d'œil au sac sur le siège arrière vide derrière lui — il voulait apporter la veste pour déjeuner avec eux cet après-midi. Et dans sa tête, il pouvait entendre le père de Heather : « Où as-tu eu ce manteau d'ailleurs ? Je pensais que tu détestais le jaune. »

Elle avait suffisamment rougi pour qu'Ed sache que ça devait être vrai. Mais le violet... elle adorait le violet. Il n'était pas sûr du style, mais un manteau restait un manteau, non ? *Peut-être qu'elle a pleuré quand tu lui as donné le premier parce qu'il était vraiment moche.* Elle l'avait appelé son

SALUT

« citron préféré » après qu'il ait découvert sa haine pour cette couleur. Maintenant, Ed commandait toujours des citrons dans son eau, juste pour faire tressaillir sa lèvre.

— Le manteau ira bien aussi. Il se tourna de nouveau vers l'avant et regarda par la fenêtre, à gauche puis à droite, à la recherche de feux arrière cassés et d'excès de vitesse, mais ne vit que la neige amoncelée contre les trottoirs et une moufle solitaire gisant gelée sur le trottoir. Comment Patrick faisait-il cela année après année ? L'homme était déjà en patrouille quand Ed était encore au collège. Mais le vieux Paddy en avait peut-être marre aussi ; au poste, on l'appelait « Couilles de Pierre » d'après le nom d'un canon — un électron libre — bien que l'Irlandais soit encore assez ami avec la hiérarchie pour s'en tirer avec des papiers perdus ou des suspects qui se plaignaient que Paddy les avait menottés trop serrés. Ed soupira un nuage chargé de tabac dans l'air glacial et ferma la fenêtre juste au moment où les pneus soulevaient de la neige fondue du caniveau, éclaboussant la vitre de neige sale. Sale journée. Et ça allait empirer. Peut-être.

Ed s'éclaircit la gorge. — On va à ce troquet graisseux sur Gratiot plus tard, dit-il, et Patrick fronça les sourcils jusqu'à ce qu'Ed termine : Heather sera là.

Maintenant, le partenaire d'Ed leva un sourcil. — Je vais enfin rencontrer ta copine, hein ?

Ed hocha la tête au lieu de répondre — sa bouche était devenue trop sèche pour parler. *On devrait attendre.* Il n'avait même pas encore acheté de bague, mais Donald l'avait fixé si intensément le soir où ils lui avaient annoncé qu'elle déménageait qu'Ed avait fait sa demande dès qu'ils s'étaient retrouvés seuls. Le type était probablement furieux qu'ils aient emménagé ensemble sans d'abord avoir prononcé leurs vœux devant Dieu, mais Donald, plus que quiconque, savait que les belles histoires d'amour n'étaient pas parfaites au début... ni à la fin. La plus grande peur de Heather était de finir comme sa mère, avec une arme à la main et une balle dans le cerveau. Mais cette histoire ne se terminerait pas ainsi.

Patrick sourit, un sourire en coin qu'Ed considérait comme de la suffisance irlandaise. — Il était grand temps que je rencontre la femme que tu cachais.

L'estomac d'Ed se noua. *J'aurais dû lui parler de Heather avant, lui avouer pour la prostitution.* Non, il n'y avait aucune raison de l'embarrasser inutilement, et elle n'avait pas de casier judiciaire — Patrick n'aurait aucune idée de son passé. De toute façon, elle disait n'avoir fait le trottoir qu'une seule fois. Mais cela ferait-il une différence pour son partenaire ? Ou le fait que Heather ait fait partie de l'équipe d'athlétisme de son lycée, qu'elle ait été une élève modèle, qu'elle fasse du bénévolat plusieurs heures par semaine au refuge ? Toutes les femmes que Patrick avait arrêtées lors de cette opération s'étaient retrouvées en cellule — le cul irlandais catholique moralisateur de Patrick aurait sûrement quelque chose à dire sur le fait que Heather avait été une—

La radio grésilla ; code dix-cinquante-six. Piéton en état d'ébriété. Patrick s'arrêta à un feu — cet appel était trop insignifiant pour nécessiter la sirène — et Ed regarda un sac plastique abandonné tourbillonner dans l'air froid et gris avant d'atterrir sur un tas de neige. Il soupira à nouveau. « Si tu pouvais être n'importe quoi... » lui avait demandé Heather la nuit de leur rencontre, ses yeux brillant dans la lumière blanche éclatante du parking du supermarché. « Je veux dire... tu penses que tu seras flic pour toujours ? »

Non, il ne le pensait pas, mais il ne l'avait jamais dit à voix haute avant — à personne. « Je suis plutôt bon tireur », lui avait-il dit. « Peut-être que l'académie me laissera enseigner un jour. » Et après une pause, il lui avait demandé à son tour : « Que veux-tu faire du reste de ta vie ? »

« J'ai toujours aimé les animaux. Peut-être que je serai vétérinaire. Ou que je dirigerai un zoo. Élever des colombes. » Et il pouvait le voir, les colombes, la voir assise sur un banc de parc avec ce petit sourire nerveux pendant que les oiseaux se rassemblaient autour d'elle. Comme Mary Poppins, en plus mignon.

Ed croisa les bras sur son ventre musclé, regardant la neige fondue à travers la vitre côté passager. Merde, il devrait plutôt devenir l'un de ces coachs sportifs — manger des pancakes tous les matins, c'était comme ça que sa grand-mère était partie. Crise cardiaque à cinquante-cinq ans. Sacrée honte. À cinquante-cinq ans, il boirait du café dans sa salle à manger dans un quartier adapté aux enfants, la lèvre de Heather tressaillant face à lui au-dessus d'une table sans nappe en dentelle ni aucun autre revêtement parce qu'ils accepteraient les choses telles qu'elles étaient, cicatrices et tout. Peut-être que lui et Heather seraient en train de questionner la nouvelle petite amie de leur propre fils sur ce qu'elle voulait devenir quand elle serait grande. Ed aimait à penser que Heather et lui offriraient simplement un verre à l'amoureuse de leur enfant sans être des connards à ce sujet, mais il lui demanderait certainement si elle aimait Hendrix. Parfois, la réponse à une seule question était tout ce dont on avait besoin.

CHAPITRE 3

Patrick tira sur la poignée de la porte, et une bouffée de chaleur stagnante venant de l'intérieur du restaurant frappa Ed au visage, accompagnée de l'odeur délicieuse de bacon en train de frire. Il garda les yeux rivés droit devant lui, évitant de regarder son partenaire. Et il redressa les épaules. Si Patrick la reconnaissait... eh bien, ce n'était pas illégal d'épouser une femme avec un passé douteux, et c'est exactement ce qu'il dirait si quelqu'un essayait de lui chercher des ennuis.

— Alors, où est-elle ?

Ed jeta un coup d'œil autour de lui. Deux routiers étaient assis au fond, l'un regardant par la fenêtre en fumant une cigarette, l'autre penché sur son assiette de manière protectrice, comme un ancien détenu, engloutissant des frites au chili. Deux femmes âgées étaient assises dans l'autre box, arborant chacune des boucles serrées avec une teinte bleuâtre — elles devaient sortir tout droit du salon de coiffure.

Ed désigna la femme aux cheveux bleus la plus proche. — La voilà, celle de droite, dit-il, puis il fit un signe de la main lorsque les femmes jetèrent un coup d'œil dans sa direction.

Patrick ricana. — Espèce de coquin.

Ed se tourna vers l'autre côté du restaurant — *là*. Elle était à la table du coin le plus éloigné, son dos jaune vif tourné vers lui et Patrick, les épaules affaissées. Le manteau était un peu criard, maintenant qu'il le regardait vraiment. Il serra plus fort le sac du grand magasin.

Heather se retourna alors qu'ils approchaient, et Ed se raidit même en se penchant pour l'embrasser, essayant de percevoir si Patrick la reconnaissait dans son jean et son pull, avec une croix en or au niveau de sa clavicule — bien loin de la jupe et des talons dans lesquels il l'avait ramassée, bien que la tenue n'ait pas été si vulgaire que ça, en fait. Peut-être qu'il aurait cru qu'elle allait en boîte ou dîner si ça n'avait pas été un mardi soir — et s'ils n'avaient pas fait une opération anti-prostitution deux rues plus loin. Si elle avait simplement nié, lui avait donné une autre excuse pour expliquer pourquoi elle se promenait dans un lieu connu pour être fréquenté par des prostituées au milieu de la nuit, il ne l'aurait jamais arrêtée. Mais elle n'avait pas nié, pas un seul instant. Elle n'avait rien dit du tout... jusqu'à plus tard.

Il lui tendit le sac. — Oh, alors... je t'ai acheté quelque chose.

Elle jeta un coup d'œil à l'intérieur, un sourcil levé, le coin de sa bouche tressaillant. Mais quand elle croisa à nouveau son regard, elle riait ouvertement. — Tu n'étais pas obligé, Ed. Mon père dit juste des choses comme ça...

— J'espère que ça te plaît. Détestait-elle celui-ci autant que l'autre ? Mais — bonne nouvelle — elle se glissait déjà hors de cette monstruosité jaune pour enfiler le nouveau manteau violet, sa couleur préférée, bien que ce ne soit pas sa nuance favorite, quelque chose qu'elle appelait "lilas".

Ce manteau était violet comme un bleu. Était-ce mauvais ? Ou le violet-bleu avait-il un meilleur nom qu'il ne connaissait pas ?

Patrick s'éclaircit la gorge, et les épaules d'Ed se tendirent à nouveau ; il avait presque oublié que son partenaire était là. — Heather, Patrick. Patrick, Heather.

— Salut, dit Patrick en se glissant sur un siège en face de Heather, qui rougit mais se contenta de hocher la tête. Elle semblait avoir perdu sa voix. — On dirait que tu as fait vivre à mon partenaire ici présent un sacré tour de manège.

Ed jeta un coup d'œil en s'asseyant à côté d'elle, et il y *avait* une lueur de reconnaissance dans l'œil de Patrick, n'est-ce pas ? Ou Ed l'imaginait-il ? Heather rougit et baissa ses yeux gris sur ses genoux, et Ed couvrit sa main de la sienne. Toujours si anxieuse. Comment avait-elle réussi à l'école ? Mais elle le lui avait dit : en évitant les brutes et les garçons en gardant la bouche fermée et le nez dans les livres. Elle avait plaisanté une fois en disant que si ses lèvres avaient été cousues ensemble, personne ne l'aurait même remarqué.

— Je suppose que les choses sont allées un peu vite, dit-elle à la table, sa voix tremblante. *Elle le connaît.* Mais peut-être pas — quelle part de tout cela était de l'anxiété et quelle part... signifiait quelque chose ?

— Hé, je ne juge pas. Un foutu mensonge. Le visage de Patrick était un masque : immobile et vigilant, le même regard que lorsqu'il attrapait quelqu'un en excès de vitesse, ou traversant hors des clous, ou giflant sa petite amie.

La serveuse arriva, mais Ed regarda à peine la femme en passant sa commande — bien qu'il se souvint de demander de l'eau avec du citron, juste pour faire tressaillir la lèvre de Heather. Patrick en était à son troisième mariage. Il n'avait aucun droit de juger. *De quoi est-ce que je m'inquiète, même ?* Ce n'est pas comme si Patrick allait entrer dans le bureau du chef et dénoncer Ed avec de la coke juste sous son nez.

Après le départ de la serveuse, Heather croisa le regard d'Ed — *On peut partir maintenant ?* Patrick ne sembla pas le remarquer car il dit : — Alors, que fais-tu ce soir pendant que je traîne ton fiancé dans la tempête qui arrive ?

Heather haussa les épaules et garda son regard fixé sur la table devant eux. Donald lui avait dit que quand elle était enfant, elle fuyait les gens qui lui disaient bonjour. Bizarre qu'elle ait pensé qu'elle s'en sortirait dans la rue, même une seule fois — merde, n'était-ce vraiment qu'une seule fois ? Il aurait dû poser plus de questions dès le début, au moins lui demander pourquoi elle l'avait fait, mais il était trop tard pour le lui demander maintenant. S'il s'en souciait vraiment, il aurait dû demander il y a des mois.

Patrick plissa les yeux vers elle, puis vers Ed, et les poumons d'Ed se serrèrent — *c'est le moment* — mais Heather s'éclaircit la gorge, et l'expression de Patrick s'adoucit.

— Je fais juste quelques courses pour mon père, dit-elle. Ensuite, j'ai une réunion.

Une réunion. Elle essayait toujours de trouver de bonnes affaires pour les cadeaux de mariage, le gâteau et même les serviettes, bien qu'ils ne fassent qu'une fête pour les autres bénévoles du refuge et les gens de l'église — pour son père, en réalité, plus que pour eux. Ed aurait été heureux d'aller au tribunal en uniforme. Allait-elle le faire porter un smoking ?

— Dis bonjour à ton père de ma part, dit Ed. Ed baissa les yeux vers ses bottes, ses petits pieds, un talon accroché au pied de sa chaise. Qui rebondissait. Toujours nerveuse. Il toucha son bras, mais elle ne réagit pas. Avait-elle arrêté de respirer ?

— Heather ?

Elle tourna enfin son regard vers lui. — J'adore le manteau.

— Oh... bien. Mais elle aurait dit ça même si elle l'avait détesté. Il fit signe à la serveuse. — Puis-je avoir plus de citron pour mon eau ?

Cette fois, Heather ne sourit pas.

CHAPITRE 4

La soirée passa lentement comme de la mélasse, à signaler des feux arrière cassés, à arrêter des chauffards, à répondre à des appels pour "individu suspect" concernant des gens qui rentraient simplement du travail — apparemment, tout le monde avait l'air suspect dans un parka.

À vingt et une heures trente, la radio grésilla par-dessus le tapotement incessant des doigts de l'Irlandais sur le volant et le *clac*, *clac*, *clac* des essuie-glaces contre la neige glacée. — Dix-trente-huit, camionnette Ford noire, à l'angle de Mack et Emmerson.

Ed se redressa sur son siège, plissant les yeux dans la nuit. Devant eux se trouvaient une épicerie, une station-service, un fast-food — tout était flou derrière le rideau de neige qui tombait. Mack et Emmerson. À trois pâtés de maisons de l'endroit où il avait rencontré Heather et juste en face du lycée, devant un parc devenu ces derniers temps un repaire de dealers. Ed observa le visage de Patrick dans la lueur des lampadaires. Son partenaire avait à peine prononcé trois mots depuis le déjeuner, mais la rue autour d'eux — si proche de la zone de prostitution connue — lui chuchotait pratiquement à l'oreille : *Demande-lui, demande-lui.* — Tu es sûr de n'avoir jamais rencontré Heather avant ? À peine ces mots eurent-ils quitté ses lèvres qu'il aurait voulu les ravaler. Patrick n'était pas un idiot.

Patrick garda les yeux fixés sur le pare-brise, mais sa mâchoire se crispa et ses doigts se crispèrent sur le volant. — Je devrais ?

Je devrais simplement lui parler de Heather. Mettre les choses au clair.

Non, ce serait stupide.

— Non, mais tu avais l'air de la reconnaître. Et elle semblait nerveuse en ta présence — plus nerveuse que d'habitude. Ou était-ce son imagination ?

Patrick renifla fort, puis marqua une pause beaucoup trop longue. — Je l'ai peut-être vue à l'église, dit-il. Elle va à Saint-Ignace ?

Saint-Ignace. L'église de Donald, l'église de Heather. Patrick y allait tous les dimanches avec sa femme actuelle, ou du moins c'est ce qu'il disait ; Heather y emmenait généralement son père le samedi soir, mais ils auraient pu se croiser à un moment donné dans le passé. Pourquoi n'y avait-il pas pensé ? *Parce que tu n'y es allé qu'une seule fois avec elle — tu n'aurais même pas pu nommer l'église tout seul.*

Il plissa les yeux vers son partenaire, et comme Patrick ne se tournait pas, Ed regarda par la fenêtre la neige qui recouvrait les trottoirs. — Oui, elle va à Saint-Ignace.

— Ça explique tout.

Mais si Patrick avait rencontré Heather là-bas, pourquoi ne pas l'avoir mentionné au déjeuner ? N'était-ce pas le sujet de conversation idéal ? *Hé, on aime tous les deux la crucifixion et la confession, soyons potes !* Mais... peu importe. Ed ne voulait pas avoir cette discussion de toute façon, parce que si Patrick la *connaissait* d'ailleurs...

SALUT

Patrick tourna au coin de la rue Emmerson, et Ed plissa les yeux vers la cour d'école sur leur droite, le parc sur leur gauche. La camionnette était garée dans la rue entre ces deux repères, son moteur grondant dans la rue autrement silencieuse, des volutes d'échappement jaillissant du pot et faisant fondre la neige en dessous en une flaque brillante. La camionnette n'était pas noire, mais d'un bleu foncé, une série F, rayée à mort, sans plaque d'immatriculation — probablement volée ou du moins non immatriculée — avec un autocollant de pare-chocs en lambeaux, dont la moitié avant était arrachée. Les mots partiels les narguaient dans la lueur jaunâtre du lampadaire : *OD* sur une ligne, *FTS* en dessous. Ed plissa les yeux à travers les flocons qui tombaient vers la lunette arrière de la camionnette. Un seul occupant qu'il pouvait voir, l'arrière de la tête du conducteur se dessinant en silhouette dans leurs phares tandis que Patrick mettait brutalement la voiture de patrouille en stationnement et allumait leurs gyrophares. Un seul coup de sirène déchira la nuit.

La portière côté conducteur s'ouvrit brusquement, et Ed posa une main sur son arme, le métal froid mais rassurant alors que l'occupant de la camionnette émergeait les mains en l'air.

Oh merde.

Les doigts d'Ed se resserrèrent sur l'arme.

Du sang striait les bras de l'homme, recouvrait ses doigts et entourait ses poignets, imprégnait le ventre de sa veste grise comme si quelqu'un l'avait poignardé dans le ventre. Et en dessous de la ceinture... un pantalon kaki, des chaussures marron brillantes, le tout maculé de cramoisi. Les genoux de son pantalon étaient d'un bordeaux profond, comme s'il s'était agenouillé dans ce carnage, une peinture abstraite réalisée avec les fluides de quelqu'un d'autre. Et ses mains, ses paumes écartées le long de ses hanches... il tremblait si fort qu'Ed crut à moitié que le sang allait se détacher de son corps comme des gouttelettes d'eau d'un chien après un bain. Ed jeta un coup d'œil vers la cour d'école, s'attendant presque à voir un enfant avec son cartable surgir et se retrouver pris dans les tirs croisés, mais l'école restait silencieuse, la pelouse vide et blanche à l'exception de quelques empreintes fraîches dans la poudreuse.

— Putain de merde ? marmonna Patrick. On va peut-être avoir besoin d'une ambulance.

Ed cligna des yeux, le monde enneigé devenant flou puis disparaissant, et soudain il était de retour dans le Golfe, et son camarade — son meilleur ami — était face contre terre dans le sable, le côté de sa tête manquant, le cerveau et l'os brillant sous le soleil du désert. Son cœur battait un rythme frénétique. Il cligna à nouveau des yeux, et la neige réapparut avec l'homme ensanglanté debout à côté de la camionnette. Si cet homme à l'allure horrifiante avait perdu autant de sang, il n'y avait aucune chance qu'il se tienne debout avec ce regard fixe. Devaient-ils appeler des renforts ou simplement l'ambulance ? En fait, peut-être les deux. Mais Patrick détestait appeler des renforts à moins d'être sûr d'en avoir besoin, et combien de personnes fallait-il pour arrêter un type possiblement blessé ?

Ed ouvrit la bouche pour dire quelque chose, il ne savait pas quoi, mais Patrick ouvrait déjà sa portière, les pieds sur le pavé, se dirigeant vers l'homme au regard mort — et se déplaçant beaucoup trop vite. *Merde, Patrick est défoncé ?* L'arme de Patrick brillait sous les lampadaires, des flocons de neige s'accrochant au canon. Il s'arrêta près du hayon. — Les mains en l'air ! Tournez-vous lentement ! Ed sortit de la voiture à son tour, suivant l'exemple de son partenaire, espérant qu'ils faisaient la bonne chose. *On aurait dû appeler d'abord. On aurait dû appeler.*

— Tournez-vous ! cria à nouveau Patrick.

L'homme restait immobile. Pourquoi ce type restait-il simplement planté là ? Peut-être que c'était lui qui était défoncé. Puis ses mains se levèrent, à hauteur de taille, tremblant toujours. À hauteur d'épaule. Son visage restait impassible, terne et mort. Puis, il leva un sourcil comme s'il ne comprenait pas qui ils étaient et pourquoi ils étaient là, ses yeux allant à gauche, à droite, derrière eux, par-dessus son épaule —

Ça ne peut pas être bon signe.

Patrick dut également sentir le changement d'atmosphère car il armait son arme, la pointant. — Ne bougez plus !

L'homme resta immobile, les mains en l'air. Un morceau de quelque chose de brillant et humide glissa entre deux doigts et coula le long de sa paume, puis tomba dans la boue à ses pieds avec un *ploc* humide.

— À terre, les mains derrière la tête ! cria Patrick, son accent irlandais transparaissant plus que d'habitude maintenant, transformant "derrière" en "der-riè-re". Si Ed n'avait pas déjà écouté son cœur en surrégime, il aurait commencé à paniquer.

L'homme ensanglanté mit ses mains derrière ses oreilles, avec une lenteur douloureuse, comme s'ils regardaient un film au quart de sa vitesse normale. Comme si l'homme... temporisait. Mais pour quoi ? À moins qu'il *n'attende* — *Oh, merde.* Le type tourna légèrement la tête vers la cabine ouverte du pick-up... à l'écoute. Quelqu'un d'autre était là-dedans.

— Attention, Patri-

Bang !

Ed plongea à couvert tandis que Patrick se retournait

comme si la balle elle-même l'avait saisi et l'avait fait tournoyer. Il heurta le sol boueux un pas devant le pare-chocs de la voiture de patrouille avec un bruit mouillé.

Un autre *bang !* déchira la nuit, et Ed longea la voiture et se baissa derrière la portière ouverte côté conducteur, levant son arme. Le conducteur ensanglanté bondit dans le camion alors qu'un troisième tir envoyait des éclats d'asphalte près de l'oreille d'Ed. De cet angle, il pouvait voir la silhouette de quelqu'un d'autre tirant depuis le siège passager à travers la vitre coulissante arrière, le petit éclat d'un canon métallique visible maintenant à travers l'espace dans l'encadrement de la fenêtre, et là, le reflet jaune dans les yeux du tireur. Mais le reste de son visage était sombre, trop sombre, et ne réfléchissait pas la lumière comme de la peau — une cagoule de ski noire.

— Patrick ! La voix d'Ed fut engloutie par le crissement de la glace et de la neige sous les pneus alors que le camion démarrait en trombe. Son cœur martelant semblait lui injecter de la lave dans les veines plutôt que du sang. Ed rampa vers son partenaire, l'asphalte glacé brûlant ses genoux à travers son pantalon. — Patrick ! Le pick-up hurla en tournant au coin de la rue.

Le grand homme se retourna et se hissa en position assise, grognant. — Putain, ce connard. Puis il vomit dans la neige fondue, tenant sa main sur son biceps.

— J'appelle des renforts, dit Ed, et il se précipita sur ses pieds, mais Patrick agrippa la veste d'uniforme d'Ed avec sa main valide.

— Juste une égratignure. Patrick se poussa sur ses genoux, se remit debout, et tituba vers la voiture.

Une tête brûlée, qu'ils l'appellent. Voilà pourquoi. Les Irlandais avaient des couilles.

— Tu conduis, aboya Patrick. *Tu con-dui.* — Ces enfoirés vont s'échapper si on attend une ambulance. Ed ne pouvait pas contester cela, et loin de lui l'idée de refuser à son partenaire une chance de rendre justice — d'ailleurs, il avait vu des gens marcher avec des blessures bien pires outre-mer.

— Ces salauds, marmonna Pat alors qu'ils glissaient dans la voiture. — Ils nous ont tendu une embuscade... comme s'ils nous attendaient. Il gémit mais fit un geste de sa main valide vers le pare-brise dans la direction où le camion avait disparu. — Vas-y, putain, rattrape-les !

Avec Patrick qui aboyait dans la radio, Ed démarra en trombe sur la glace, suivant les traces de pneus dans la neige qui continuait de tomber. Un pâté de maisons, virage serré à droite, puis un autre pâté de maisons, observant les marques de pneus qui s'estompaient rapidement. Mais ils perdirent les empreintes en tournant sur l'artère principale où le sel avait déjà fait fondre la couche la plus fraîche de blanc.

— Merde, marmonna Patrick. — L'autoroute est à un demi-mile dans cette direction, mais il aurait pu nous faire faux bond plus tôt. Il s'essuya le cou avec le revers de sa veste. Son front brillait de sueur.

Ed scruta la route de haut en bas, mais le bitume noir et salé n'offrait rien. Quelque part au loin, des sirènes approchaient, couvrant probablement les autres rues secondaires. Ed hésita, le pied suspendu au-dessus de l'accélérateur, visualisant les empreintes dans la neige devant l'école. Étaient-elles fraîches ? Elles devaient l'être. Ses mains se crispèrent sur le volant, le balayage des essuie-glaces battant au rythme de son cœur.

— Patrick ?

Son partenaire se tourna vers lui, les yeux serrés de douleur et de fureur.

— Il bougeait drôlement vite pour quelqu'un qui avait perdu autant de sang.

— Ouais, il ne bougeait pas comme s'il était blessé. Patrick secoua la tête. Le lampadaire projetait une lueur ambrée sur les monticules de neige. — Ça aurait pu être le choc, mais...

Ça aurait pu être le choc, mais ça ne l'était pas. C'était trop de sang pour qu'un homme en perde autant et soit encore conscient, et les taches ne s'étaient pas étendues pendant qu'ils se faisaient face. Ed regarda dans son rétroviseur la route blanche derrière eux, leurs traces de pneus déjà à moitié cachées sous la neige tombante. — À ton avis, de qui était le sang sur son pantalon ?

Patrick se retourna vers la fenêtre et gémit.

CHAPITRE 5

La rue était maintenant calme et silencieuse, le réverbère reflétant une lueur blanche. L'endroit enneigé où Patrick s'était effondré était teinté de rose, mais la plupart des preuves de leur présence — les traces de pneus, leurs empreintes — avaient été estompées par la neige tombante.

Tout comme les empreintes devant la cour d'école... et c'étaient celles-là qui l'inquiétaient. Elles avaient été faites récemment, il en était sûr — sinon, elles auraient été recouvertes par la tempête.

Il y avait une raison pour laquelle cet homme était revenu ici, une raison pour laquelle il était couvert de sang, une raison qui devait se trouver là où ces traces se terminaient, hors de vue derrière l'école — un endroit isolé sans grand risque de témoins. Et si cette raison était encore en vie...

Ed se gara sur la route et ouvrit grand la portière, puis ils s'élancèrent, traversant la route en courant vers l'école, suivant les empreintes qui s'effaçaient rapidement. Trois séries d'empreintes, il pouvait le voir maintenant, et l'une plus petite que les autres, une femme ou un enfant, bien qu'il soit impossible de dire si elles allaient ou venaient.

Les empreintes de pas viraient à gauche au niveau du portail grillagé de l'école, puis contournaient le côté du bâtiment, et ici ils pouvaient voir du rose sous la nouvelle couche de neige. Pas bon. Avec une telle perte de sang, il était peu probable que la troisième personne soit sortie d'ici à pied. Ils ne pouvaient qu'espérer trouver la victime avant qu'il ne soit trop tard.

Ed et Patrick frayèrent un chemin à côté des empreintes, leur souffle sifflant comme les murmures frénétiques d'esprits. *S'il vous plaît, faites que ce ne soit pas un enfant.* Un bébé drogué était suffisant pour lui, et cet enfant avait *survécu.* Il l'avait sorti d'une benne à ordures derrière le collège, tremblant, impuissant, tellement au-delà des pleurs que ça lui avait brisé le cœur. Même le petit frère d'Ed, Sammy — mort à six mois d'une saloperie génétique qu'il ne pouvait nommer — avait crié jusqu'à ce que son cœur s'arrête enfin, miséricordieusement.

Ils contournèrent le côté de l'école et ralentirent, Ed tenant son arme devant lui, ses yeux balayant de gauche à droite le paysage encroûté de blanc. Les ombres ici étaient plus profondes, les réverbères éteints par le bâtiment imposant — même la lune était cachée sous les nuages d'orage, l'obscurité si oppressante et violente qu'il semblait que les flocons de neige, se détachant sur le noir, tombaient moins vers la terre qu'ils n'avançaient vers eux. À côté d'Ed, Patrick alluma sa lampe de poche, mais le faisceau pénétrait à peine la tempête. Flocon après flocon fonçait vers eux depuis les ténèbres. La lumière vacilla tandis que Patrick balayait le terrain de football. Les poteaux de but transperçaient le ciel de chaque côté de la vaste étendue blanche, mais pas de gradins — était-il censé y avoir des gradins ? La lumière trembla à nouveau.

— Ça va, Pat ?

— Juste une égratignure, je te l'ai dit, espèce de bourrique. La lumière s'arrêta. — Droit devant... tu vois ça ?

Des nuages de givre s'échappant d'entre leurs lèvres fendaient l'air chargé de neige devant eux ; il était difficile de voir quoi que ce soit au-delà du tourbillon blanc. Ed plissa les yeux. Non, il y avait *bien* quelque chose : à environ cent mètres, un bout de violet visible au-dessus de la ligne de neige.

Le crissement de leurs chaussures et le souffle d'Ed s'accélérèrent tous deux alors qu'ils se dirigeaient vers le fond du terrain. Vers le corps — définitivement un corps, il en était sûr maintenant, car la forme en monticule était juste —

Ed se figea.

Non.

Il courut, courut plus vite qu'il n'avait jamais couru de sa vie, sa respiration frénétique, ses poumons hurlant, ses jambes brûlant, le froid mordant ses joues, et il tomba à genoux et plongea ses mains dans la neige, creusant, creusant avec des doigts engourdis. Ses mains émergèrent d'abord, inertes et déjà à moitié gelées, et puis il tirait sur son nouveau manteau violet, extirpant le reste de son corps de sous la couverture blanche glacée, son pull, son jean, ses bottes.

Le reste du monde disparut, aspiré dans le blanc impitoyable. Des tornades de glace piquaient son visage, essayant de trancher de minuscules morceaux de sa chair. Et quelque part dans cet enfer, il entendit une voix gémir : « Non, s'il vous plaît, mon Dieu non, s'il vous plaît », encore et encore et encore.

Ses lèvres étaient bleues. Le souffle d'Ed le quitta, son cœur se contractant dans sa poitrine, se contractant et non pas tressaillant comme la bouche de Heather le faisait avant que ses lèvres ne deviennent immobiles et froides — non, c'était profond et douloureux et horrible. La glace s'accrochait à ses cils, et son visage... les os semblaient déformés d'une certaine manière, mais il ne pouvait pas dire si c'était la faible lumière ou si sa vision vacillante venait de l'incrédulité et du chagrin et du deuil et de la fureur qui s'agitaient dans son cerveau.

— Non, s'il vous plaît, mon Dieu, non, s'il vous plaît.

La voix... c'était lui, gémissant dans la nuit. Et quand il alla chercher un pouls, sa peau était glissante, alors il la rapprocha et mit sa main derrière sa tête et toucha quelque chose de visqueux, pas sa tête, pas ses cheveux, pas la forme parfaitement ronde de son crâne quand elle s'appuyait contre son épaule et le serrait fort. Il déplaça sa main vers la gauche, écarta ses doigts, sentant — *non, mes doigts sont juste engourdis, ça doit être ça* — mais c'était réel : un endroit vide, large comme une grotte, et de la viscosité, la viscosité, la viscosité, et des bords tranchants... une couronne dentelée d'os brisés.

Patrick s'agenouilla à côté de lui et se signa, front, poitrine, épaule, épaule. — Jésus, Marie et... Ed, est-ce que c'est... ?

L'homme dans la rue avait été couvert du sang de Heather — du cerveau de Heather. Elle était morte avant que Patrick ne soit abattu, avant qu'ils ne quittent la scène après ces hommes dans le camion. Il n'avait jamais eu la moindre chance de la sauver.

CHAPITRE 6

Ed était assis au bord de son lit, les pieds au sol, fixant son oreiller. Sur la table de chevet, son carnet, le livre qui contenait ses rêves pour leur mariage, gisait abandonné, privé de son toucher, de sa voix, privé... d'elle.

Pourquoi ? Pourquoi ? Le mauvais endroit au mauvais moment ? Juste un crétin fou à la recherche de quelqu'un à blesser ? Pourquoi fallait-il que ce soit elle ? Ces pensées tournaient en boucle dans le cerveau d'Ed, mais sans réponses pour apaiser leur rythme frénétique, elles ne faisaient que s'emmêler, se tordant ensemble jusqu'à ce qu'il puisse à peine distinguer les mots, et encore moins leur sens. Mais même si ses pensées s'emballaient, un brouillard flou s'installait autour de lui, ralentissant le temps jusqu'à l'immobilité, ses intervalles marqués uniquement par le tic-tac de l'horloge.

Cinq jours à regarder les courses pourrir. Cinq nuits à fixer le plafond à grains, à moitié convaincu qu'il pouvait encore sentir son souffle régulier contre son épaule. Cinq matins à se réveiller avec des visions du crâne ensanglanté de Heather, Patrick étendu dans la rue, les bras écarlates du suspect, l'autocollant de pare-chocs... l'autocollant... l'autocollant.

OD, FTS. Il ne connaissait aucune entreprise à proximité qui correspondait, bien qu'il ait passé cinq jours à jouer avec les lettres comme si elles faisaient partie d'un horrible jeu du pendu. Cinq jours à appeler le commissariat pour voir s'ils avaient du nouveau, mais les chaussures de ville que l'homme portait et les traces de pneus laissées par le pick-up étaient trop courantes pour être identifiées, et aucun camion de cette marque et de ce modèle n'avait été signalé comme disparu dans la région le jour du meurtre de Heather. Et ils ne pouvaient pas fouiller tous les camions de la ville. *Ils le feraient si elle était une personnalité importante.* Ça le faisait enrager. Certains jours, quand Ed appelait, le détective Mueller marquait une pause avant de répondre à ses questions, comme s'il ne pouvait pas se souvenir du nom de Heather.

Cinq jours de déception. Cinq jours avec une douleur si persistante dans la poitrine qu'il craignait que ses poumons ne s'effondrent. Cinq jours à éviter tout le monde, y compris le père de Heather.

Il s'était convaincu que Donald allait bien, que Donald n'avait pas besoin de lui, que l'homme était habitué à être seul depuis ses missions solitaires au Vietnam, mais c'était une excuse - la vérité était qu'Ed ne pouvait pas regarder cet homme en face, ne voulait pas voir ses larmes, le voir fixer le crucifix en bois ornementé au-dessus de la baie vitrée qui veillait sur son salon, secouant la tête, comme s'il croyait qu'Ed lui mentait, qu'elle rentrerait en fait à la maison. La nuit où Ed lui avait annoncé sa mort, Donald avait joint ses mains, fixé ce crucifix et prié. Il était toujours assis là quand Ed était finalement parti pour rentrer dans sa maison vide.

SALUT

Ed toucha l'oreiller maintenant, et pendant un instant - un seul instant - il le sentit presque chaud, comme si elle venait de le quitter. Il se leva. L'odeur entêtante épicée-sucrée d'elle, l'épaisse odeur de tabac d'eux deux, s'accrochait à l'intérieur de ses narines. Ils avaient été heureux ici. Heureux. Mais...

C'était ma première fois.

La douleur dans sa poitrine s'intensifia, une chaleur brûlante se répandant dans son cou comme s'il avait de la lave dans les veines. Il détestait y penser, détestait se l'admettre, mais elle lui avait menti cette nuit-là. Le rapport du médecin légiste indiquait qu'elle avait des drogues dans l'estomac, beaucoup, ce qui avait conduit le détective Mueller à déterminer rapidement le mobile : un vol d'OxyContin qui avait mal tourné. Mais on pouvait se procurer de l'Oxy à n'importe quel coin de rue - pas besoin d'aller dans un endroit isolé. Et pourquoi d'autre serait-elle là-bas derrière cette école, un endroit connu pour la drogue et les prostituées, si ce n'était pas pour échanger son cul contre des calmants ? Il avait été stupide de croire tout ce qu'elle lui avait raconté sur sa vie dans la rue. Ce n'était pas parce qu'elle n'avait pas d'antécédents qu'elle était clean.

Mais il le savait quand il l'avait rencontrée - et l'avait aimée quand même. Il l'aimait toujours.

Il se dirigea vers le couloir et sortit sur le porche, verrouillant la porte d'entrée derrière lui, essayant de ne pas voir la maison comme elle l'avait vue. *C'est parfait pour nous, Ed. Je peux rester ?*

Pour toujours, avait-il dit. *Pour toujours.*

Et aujourd'hui, il devait lui dire adieu.

Se garer dans l'allée de Donald donnait l'impression d'arriver à son propre enterrement, et c'était la mort de la vie qu'il avait désirée, bien qu'il marchait encore, parlait et respirait - mais tout juste. Donald était assis dans le salon,

33

son fauteuil roulant face à la fenêtre, les yeux grands ouverts, le crucifix veillant toujours depuis le mur au-dessus de lui. Les joues creuses de Don semblaient plus enfoncées que d'habitude aujourd'hui, et quand Ed s'approcha, l'homme ne cilla pas. Ed essaya d'ignorer les lourds *boum, boum, boum* de son propre cœur.

— Donald ?

Roscoe leva sa petite tête des genoux de Donald, la queue remuant avec excitation. Le père de Heather ne répondit pas. *Oh merde, il est mort.* Mais alors Donald se tourna, lentement, son visage se plissant tandis qu'il fronçait les sourcils.

Ed laissa l'air s'échapper de ses poumons.

— Putain, j'ai cru que tu étais... tu sais.

— Si seulement. Il me reste moins d'un an, à ce qu'ils disent, mais je ne partirai pas aujourd'hui.

J'ai pensé que tu en avais peut-être assez de vivre. Mais le cœur de l'homme était clairement plus fort que Don ne le voulait, et peu importe à quel point il était fatigué, la peur de l'enfer empêcherait Donald de mettre fin à ses jours. Le père de Heather ne manquerait pas un instant de souffrance.

Donald plissa les yeux vers la table d'appoint, où une boîte carrée en verre contenait une médaille et une photo d'un homme beaucoup plus jeune avec son fusil de sniper, le tout obscurci par une couche de poussière.

— Tu sais ce qu'il y a de mieux avec cette médaille, Ed ? Pour chacune de ces missions, je visais, je tuais, mais si je me plantais, le seul qui serait mort, c'était moi. Je n'avais pas à me soucier d'autre chose - de qui que ce soit d'autre.

Il tourna son regard humide vers Ed.

— Je suis rentré, engourdi. Je donnerais n'importe quoi pour ressentir ça maintenant.

SALUT

— Tu as mangé, Donald ?
— Et toi ?
Bien vu. — Finissons-en.

Ed ne se souvenait pas d'avoir conduit, ne se rappelait pas être arrivé à l'église, mais il était là, devant ce bâtiment de briques et de pierres qui était censé être un havre pour toutes ces pauvres âmes égarées qui pensaient encore avoir une chance. La neige mouchetait les vitraux. Des lumières scintillaient derrière le verre et se reflétaient sur le rebord couvert de poudre, créant une aquarelle abstraite qui ressemblait trop à la neige derrière l'école - de la neige fraîche imbibée du sang de Heather.

Ed se détourna. Ces longs escaliers de pierre n'accueilleraient jamais Heather dans sa robe blanche, les personnages des vitraux ne le verraient jamais attendre à la chaire avec le Père Norman dans ses habits pour la cérémonie catholique que le père d'Heather aurait adorée. Ed ne verrait jamais la lumière des cent bougies sur le long comptoir bas au fond de la nef briller sur sa peau, ni ne la regarderait marcher sous la statue d'ange grandeur nature, les bras levés comme pour bénir leur union. *Pour toujours.*

Le fauteuil roulant de Donald grinçait comme un râle de mort contre les sols en bois luisant de l'entrée. Ed s'arrêta net juste à l'intérieur de la porte, le regard fixé sur sa droite vers l'alcôve derrière le confessionnal — Patrick était dans le coin, parlant à un autre homme, chauve celui-ci et portant le manteau noir élégant et les gants noirs d'un assassin : le chef. Les mains d'Ed se crispèrent sur les poignées du fauteuil roulant tandis que Patrick hochait la tête dans leur direction, et le chef tournait ses petits yeux bruns vers Ed.

Non, pas maintenant, non. Pourquoi les gens pensaient-ils qu'ils pouvaient apparaître n'importe où bon leur semblait ? Dans cet endroit, dans ces moments agonisants et vulnérables... c'était comme s'ils le regardaient prendre sa douche. Ed leur tourna le dos et continua à remonter l'allée, ignorant le *clap, clap* approchant des pas de son patron contre le bois et le *boum, boum, boum* plus lourd des semelles en caoutchouc de Patrick.

Qu'est-ce qu'ils veulent, bordel ?

Ed atteignit le devant de l'allée, à une demi-douzaine de pas de l'autel.

— Laisse-moi m'asseoir ici un moment, dit Donald, si doucement qu'Ed ne l'aurait pas entendu sans l'écho contre la chaire. L'homme croisa les doigts sur ses genoux et baissa la tête, marmonnant dans sa barbe, priant la sculpture au-dessus d'eux : un homme portant une couronne d'épines, des clous enfoncés dans ses mains et ses pieds, la terreur sur ce visage sculpté, un monument à la méchanceté de l'humanité. Et cette méchanceté, le mal qui rôdait à chaque coin de rue dans cette ville — personne n'y échappait. Personne.

Ed recula du fauteuil roulant de Donald, et tandis qu'il fixait la coupure cruelle sur le côté de la statue, les poignets dégoulinant de sang de blessures que personne ne prendrait la peine de soigner, la dépravation sur ce crucifix éteignit le visage d'Heather et remplaça sa mariée par une image qui lui importait moins. Un corps qui lui importait moins. Son cœur ralentit.

— Comment tu tiens le coup, Ed ?

Ed. Dans ce seul mot, son propre nom, il pouvait sentir le souffle d'Heather sur son cou, pouvait sentir sa peau parfumée au gardénia dans ses narines comme si elle se tenait juste à côté de lui. — Aussi bien que possible. Il garda les yeux fixés sur la croix au-dessus d'eux, le sang peint, la couronne d'épines. — Pourquoi êtes-vous ici ?

— Je... Patrick renifla fort, irrité. — Je voulais juste présenter mes condoléances. Sa voix montait à chaque syllabe comme s'il était blessé par les mots d'Ed, mais il n'était pas blessé, Ed le savait. Il aurait pu présenter ses respects avec une carte, ou des fleurs, ou peu importe ce que les gens faisaient. Au lieu de ça, il avait amené leur *patron* à l'église, sachant qu'Ed venait chercher les cendres d'Heather. Il n'aurait pas dû dire à Patrick où il serait. Ed plissa les yeux vers le crucifix à nouveau, et à travers son regard imprégné de fureur, la statue semblait pleurer des larmes de sang.

Le chef toussa quelque part derrière Patrick, un grognement caverneux. — Je voulais aussi m'assurer que tu savais que tu étais dispensé de service. Je t'ai appelé l'autre jour pour discuter de ton congé de deuil, mais tu n'es jamais venu.

Ils devaient vraiment faire ça maintenant ? Ed baissa son regard de la croix pour rencontrer le regard vitreux de son patron. — Je n'ai pas besoin de temps libre. Le chef était un connard rien que pour être venu ici, surtout quand tout ce qu'il faisait au poste était de gueuler sur tout le monde — fanfaronnant comme s'il essayait de compenser pour une petite bite rabougrie.

— Si tu penses pouvoir retourner directement dans la police, tant mieux pour toi. Mais certains ont besoin de prendre du temps pour guérir. Le regard du chef se durcit. — Sache juste que le congé est disponible, ainsi que des conseils —

— Je n'ai pas besoin de —

— et laisse le détective Mueller faire son travail. J'ai entendu dire que tu l'avais déjà appelé une douzaine de fois. Laisse-le tranquille et réponds à mes appels à la place.

Mueller. Le détective assigné à l'affaire d'Heather. Alors c'était donc ça — le chef était venu à *l'église* pour s'assurer qu'Ed restait en dehors de l'enquête. — Mueller avait besoin de ma déclaration, lança-t-il.

— Il avait déjà ta déclaration, Petrosky.

— Bien. Ed se hérissa, les poings serrés. — Maintenant, si ça ne vous dérange pas... Il se détourna. Au-dessus d'eux, Jésus pleurait des larmes de bois silencieuses. *Pour toujours*, avait-il dit. *Pour toujours.*

Clic, clic, clic, le bruit de chaussures sur le bois, des chaussures plus élégantes que celles du chef. Ed déplaça son regard pour voir le prêtre se glisser le long du banc, sa robe blanche bruissant autour de ses jambes. *Dieu merci, sans jeu de mots.* S'il avait dit ça à voix haute, Heather aurait ri. Le chagrin électrifia la douleur dans sa poitrine. Il s'éclaircit la gorge comme pour évacuer cette douleur aussi, mais elle resta chaude et lancinante. Derrière lui vint le bruit de ses collègues reculant d'un pas. Ils étaient flics, mais ils étaient dans la maison du Père Norman maintenant.

— Edward, dit le Père Norman, d'une voix basse et douce. — Je suis tellement désolé pour votre perte. Les pas derrière Ed reculèrent encore plus loin, et tandis qu'Ed s'avançait et reprenait les poignées du fauteuil roulant, Norman se pencha plus près de son oreille. — Désirez-vous leur compagnie, mon fils ? Ils attendent depuis plus d'une heure, et si vous les aviez invités, ils seraient sûrement venus vous rencontrer plus près de notre rendez-vous au lieu de... rôder.

Perspicace. Le Père Norman posa sa main sur l'épaule d'Ed, et Ed relâcha sa prise sur le fauteuil de Donald. — Non, je ne les ai pas invités.

Le prêtre fit un signe de tête aux hommes derrière Ed — Je serai à vous sous peu, M. O'Malley — puis fit un geste vers le couloir derrière la chaire sur le côté droit de l'église. Ed jeta un coup d'œil en arrière à Patrick, un homme qui venait ici les dimanches mais ne se souvenait pas d'avoir rencontré Heather, un homme qui avait... quoi ? Deux enfants avec sa femme actuelle ? Il n'en parlait jamais, ne parlait jamais de rien de personnel — ils ne se connaissaient pas vraiment, n'est-ce pas ? Patrick restait au milieu de l'allée, les bras le long du corps. Campant sur ses positions comme s'il possédait l'endroit. Cette église et tout ce qu'elle contenait appartenait plus à des hommes comme Patrick O'Malley qu'à des hommes comme lui.

— S'il vous plaît...

Father Norman fit de nouveau un geste en direction du couloir près de l'entrée de l'église et se dirigea dans cette direction, passant sous le Jésus en bois ensanglanté. Ed saisit à nouveau les poignées du fauteuil roulant et laissa son partenaire et son patron debout dans l'allée, les regardant s'éloigner.

Le couloir était plus chaud que la nef, les murs d'un blanc cru ramenant si violemment à Ed la vision de Heather dans sa robe de mariée qu'il faillit s'arrêter de marcher, laissant Donald bloqué au milieu du couloir. Mais il se força à continuer, dépassant un bureau, puis traversant une porte en pin abîmée qui portait une simple croix dorée, un *t* minuscule sans forme humaine souffrant dessus. Malgré les vitraux élaborés, Father Norman vivait humblement, comme il prêchait que les autres devraient le faire ; le bureau était en vieux contreplaqué, les chaises usées comme si elles avaient été achetées dans une vente de charité. Norman prit un vase — *non, une urne, son urne* — sur son bureau. Violette, sa couleur préférée, bien qu'elle aurait dit « indigo », ou « violet », ou un nom qui le faisait paraître mieux. Plus joli. Quelle que soit la couleur, le but était le même car ils l'avaient réduite en cendres comme leurs rêves, l'avaient versée dans un récipient pour pouvoir la mettre sur la cheminée de Donald. Pas celle d'Ed — la dernière fois qu'il la verrait serait son cadavre couvert de neige.

Father Norman plaça l'urne sur les genoux de Donald et posa sa main sur l'épaule tremblante du vieil homme.

— C'est mon devoir d'apaiser la souffrance, dit-il, les larmes aux yeux en levant son regard vers Ed. Pourtant ici... je sais que les mots ne suffisent pas. Heather nous manquera beaucoup à tous. Les autres bénévoles l'aimaient beaucoup.

Les autres bénévoles... peut-être auraient-ils dû faire un service. Mais Heather n'avait jamais mentionné qu'une femme nommée Gene, et pendant un instant, Ed ne put se souvenir si Gene travaillait à l'église ou au refuge où Heather était bénévole... non, c'était au refuge parce qu'elle appelait avec l'emploi du temps de Heather. Mais un service n'apaiserait la souffrance de personne. Il n'y avait rien à faire, rien qui ramènerait Heather.

— Elle trouvait toujours tant de réconfort ici, à l'église, dit Donald, la voix serrée.

Mais ce n'était pas vrai, n'est-ce pas ? Qu'avait-elle dit ? *Je pense que mon père a peur de ce qui pourrait arriver aux gens qui ne croient pas — alors je lui dis que je crois. C'est un petit réconfort que je peux lui donner.* Cependant, personne ne saurait jamais si Heather avait menti à Ed ou à son père.

— Vous êtes sûrs que vous ne voulez pas de cérémonie ? disait le prêtre, les coins des lèvres baissés.

Father Norman n'aimait pas cette histoire de crémation — une sorte de superstition catholique, ces gars-là aimaient leurs cercueils et leurs tombes — mais Donald était pragmatique. Et Ed ne voulait plus jamais revoir le crâne fracassé de Heather, même s'ils le cachaient avec du maquillage, des perruques, des chapeaux et de la dentelle.

On pouvait tout cacher sous la dentelle, mais ça ne signifiait pas que c'était parti.

Donald secoua la tête, et Ed baissa les yeux sur l'urne violette qui brillait sur les genoux de l'homme — définitivement violette comme un bleu, comme son nouveau manteau, et maintenant, Ed ne connaîtrait jamais un meilleur nom pour cette couleur. Et Heather aurait détesté une pièce pleine de gens assis là à parler d'elle. Elle n'aimait même pas leur parler de son vivant.

À l'école, ils auraient pu me coudre la bouche, et personne ne l'aurait remarqué. Et ce petit sourire nerveux. Ce sourire.

Donald plongea la main dans la poche de sa chemise et en sortit une enveloppe de ses doigts tremblants. Father Norman la prit, y jeta un coup d'œil et pencha la tête.

— Donald, l'urne, la crémation... tout a déjà été payé.

— Pour le salut de l'âme — les dîmes nous gardent purs, mon Père. J'ai l'intention de poursuivre le travail de Heather ici, même si je n'ai plus les jambes pour être bénévole moi-même. Et nous savons tous les deux que je ne suis plus de ce monde pour longtemps. Je n'en ai pas l'utilité.

Le visage de Norman se froissa, mais il redressa les épaules et renifla une fois, fort, comme s'il essayait de réprimer ses émotions.

— N'hésitez pas à laisser l'église partager votre fardeau, — il croisa le regard d'Ed — ni l'un ni l'autre. S'il vous plaît, pensez aussi à vous joindre à nous pour le dîner de jeudi soir.

Jeudi soir. Thanksgiving. Il devrait appeler sa mère et lui dire qu'il ne viendrait pas. Il devrait probablement lui parler aussi de la mort de Heather, mais l'idée de devoir le dire à voix haute à nouveau lui donnait envie de vomir.

— Nous resterons à la maison, mon Père, répondit Donald pour eux deux. Je préfère gérer ça seul.

D'accord, vieux.

Les yeux de Father Norman étaient maintenant fixés sur Donald, mais l'homme gardait son regard sur l'urne posée sur ses genoux.

— S'il y a quoi que ce soit, *quoi que ce soit* que je puisse faire, n'hésitez pas à me le faire savoir.

Mais le vide soudain et douloureux qui les avait amenés à l'église n'était pas un trou qu'un homme pouvait combler. Ni, Ed s'en rendit compte, le Dieu de Heather.

CHAPITRE 7

Au cours de la semaine suivante, la colère d'Ed a couvé, puis débordé, obscurcissant le monde autour de lui dans une brume chaude et douloureuse. Il avait déjà vécu ces épisodes sombres quand il était plus jeune : quand son frère Sammy est mort. Quand sa petite amie l'a quitté, mais de toute façon, c'était une garce, avec ses conneries de thésaurisation de pain et de mépris envers les sans-abri. La dépression s'était aussi insinuée quand son père lui avait dit qu'ils ne pouvaient pas payer pour l'université, alors ne te donne même pas la peine — comme si Ed aurait pu obtenir une bourse avec des C partout. Et encore ce jour dans le désert, son meilleur ami à côté de lui, parlant, riant, puis *bam !* une balle de sniper et la moitié de la tête de Joey avait été réduite en brouillard rouge.

Mais c'était une obscurité différente. Le visage d'Heather, la voix d'Heather, l'odeur de ses cheveux, leurs rêves de mariage, d'enfants, tourbillonnaient dans un trou aspirant son âme dans sa poitrine, la douleur l'entraînant plus profondément en lui-même, à un demi-pas de l'implosion.

La seule chose qui l'empêchait de s'abandonner au chagrin était la rage, blanche et brûlante, qui le tirait des profondeurs si violemment que certains jours, il craignait de rompre le fil le rattachant à la raison. Rien n'était pareil — il n'était plus le même. Et il n'avait aucun moyen de savoir comment il se sentirait d'un moment à l'autre. Il y a trois mois, il avait couru six kilomètres avec la grippe, et aujourd'hui, il ne s'était levé que pour aller travailler. Même maintenant, alors que les routes gelées défilaient devant la voiture de patrouille sous un ciel gris terne qui correspondait à son humeur, une partie de lui était encore dans ce lit, fixant le plafond texturé. Épuisé. Languissant. Souffrant.

— Tu es sûr que tu ne veux pas prendre un congé, Ed ? avait demandé Patrick quand ils étaient passés devant l'église ce matin, l'endroit où il avait pris Ed au dépourvu la semaine précédente. *Enfoiré de trèfle à quatre feuilles.*

— Si tu peux travailler avec un trou dans l'épaule, je peux certainement y arriver aussi. *Avec un trou dans mon putain de cœur.*

— Ouais, mais, Ed...

— Appelle-moi Petrosky. C'est plus professionnel.

Patrick lui jeta un coup d'œil, ses épais sourcils levés, mais Ed — *Petrosky* — garda un visage placide. Il avait décidé sur le chemin du retour de l'église avec l'urne d'Heather qu'il ne voulait plus jamais entendre son prénom à voix haute. Il ne voulait pas se rappeler la façon dont Heather murmurait dans la nuit — *Ed, viens ici* — ou son rire en lui frappant le bras après qu'il ait dit quelque chose de ridicule. *Oh, Ed, tu es tellement bête.* Avec assez de temps, il pourrait faire disparaître ces souvenirs, il l'avait déjà fait auparavant... si seulement les gens arrêtaient de le lui rappeler.

Patrick ouvrit la bouche comme s'il voulait demander

autre chose, et Petrosky le souhaitait, le défiait, parce qu'il désirait un peu — beaucoup — de problèmes, mais la radio grésillante interrompit ses pensées. Une dispute de voisinage à propos d'un chien, de toutes les choses. Sur les lieux, Petrosky écouta à moitié les plaintes de la mégère d'âge moyen en muumuu dans la neige, qui voulait clairement juste emmerder quelqu'un, puis suivit Patrick chez le voisin et le regarda lui donner une contravention pour violation d'une ordonnance sur le bruit. L'homme noir d'une vingtaine d'années qui ouvrit la porte pinça les lèvres mais prit le papier avec un hochement de tête, et le pitbull remuant la queue à ses pieds n'aboya pas une seule fois vers eux. Au moins cet homme avait un chien pour rendre les nuits moins... vides.

Je devrais rendre visite à Donald, pensa-t-il en remontant dans la voiture de patrouille. L'homme venait de perdre sa fille, et la visite bihebdomadaire de l'infirmière à Donald n'était sûrement pas un soutien suffisant.

La chair de poule se dressa entre ses omoplates ; Patrick l'observait. Au lieu de se tourner vers son partenaire, Petrosky se contenta de fixer les congères.

— Ed... euh, Petrosky ?

Petrosky... oui, c'était mieux. Il se retourna. Les sourcils de Patrick étaient froncés. — Pourquoi ne m'as-tu pas dit qu'elle était une...

— Une quoi ? La rage bouillonnait dans la poitrine de Petrosky. Une droguée ? Une pute ? Quelle Heather Patrick connaissait-il ? *Comme si j'avais besoin de te le dire, tu... tu le savais dès que tu l'as vue*. Et à cet instant, là dans la voiture, il n'avait jamais été aussi sûr de quoi que ce soit qu'il l'était que Patrick avait reconnu Heather, qu'il savait pour la prostitution quand ils s'étaient rencontrés au restaurant, le jour de sa mort. Il savait probablement aussi pour l'OxyContin. Et personne n'avait pris la peine de le lui dire, putain.

Patrick secoua la tête. — Laisse tomber, je voulais juste...

La radio grésilla à nouveau — incident de violence domestique — sauvant Patrick de la connerie qui allait sortir de sa bouche. Mais Patrick n'avait rien dit de mal, réalisa Petrosky alors que sa respiration se calmait, il voulait juste savoir pourquoi on l'avait laissé dans l'ignorance. Petrosky s'était posé la même question. Pourquoi avait-il été si facile pour elle de lui cacher des choses ? Il aurait dû remarquer... quelque chose.

Il fixa son regard sur le paysage enneigé tandis que Patrick s'arrêtait au bord du trottoir pour leur prochain appel, un quartier correct, l'un des meilleurs en tout cas. Comme ceux dont Heather et lui parlaient souvent pour déménager. Une lampe bordeaux gisait brisée sur la pelouse de la maison coloniale en brique, quelques éclats rougeâtres incrustés dans la neige de la balustrade du porche comme des taches de sang séché.

Un grand homme blond ouvrit la porte — un de ces athlètes privilégiés d'école préparatoire que Petrosky avait vus en grandissant, sifflant les filles qu'ils pensaient leur appartenir, leurs poches pleines de l'argent de papa. Et voilà que ce salaud arrogant essayait de leur dire qu'elle l'avait frappé en premier. Mais ses jointures étaient ensanglantées, et derrière lui dans le salon, Petrosky pouvait distinguer une femme assise par terre près du fauteuil inclinable, les jambes repliées sous elle, les bras enroulés autour de son corps mince vêtu d'une chemise de nuit. Son oreille gauche était un désordre de cheveux emmêlés et de sang coagulé. À quel point cette fille avait-elle été proche de perdre la moitié de son crâne ? Petrosky jeta un coup d'œil aux pieds de l'homme — des chaussures à bout d'aile. Peut-être avait-il tué Heather aussi.

Idiot.

Patrick poussa l'homme pour entrer dans la maison, aboyant dans sa radio pour une ambulance. La femme secouait la tête, les yeux écarquillés, fixant le sportif blond dans l'embrasure de la porte. Un filet rouge coulait de son menton à sa poitrine.

L'homme leva les mains dans un geste de *doucement les gars*. — Allez, les gars, je suis un homme d'affaires, pas un criminel. Les mots mielleux coulaient de sa langue comme de l'urine sur une fenêtre grasse, et Petrosky se tendit avec l'envie de l'étrangler. Cet homme était tout ce qui n'allait pas dans le monde — des hommes qui prenaient ce qu'ils voulaient sans se soucier de qui ils blessaient.

— Mon Dieu, tu as raison.

Avant que le type ne puisse sourire, Petrosky lui saisit la main et lui tordit les bras derrière le dos, lui encerclant les poignets d'acier.

— On a dû rater le mémo où battre sa femme est soudainement devenu légal.

— Je peux vous payer, dit l'homme d'une voix plus aiguë, plus frénétique maintenant. Je n'ai pas besoin d'une autre accusation à mon dossier.

Petrosky tira sur le bras de l'homme, faisant trébucher le salaud dans les escaliers, puis traversa la pelouse. Le hurlement d'une ambulance retentit faiblement au loin.

— Eh bien, tu vas avoir une autre accusation, connard, et tu as de la chance que je ne laisse pas le père de cette fille passer cinq minutes seul avec toi.

Petrosky le projeta contre la voiture avec suffisamment de force pour que l'homme grogne et perde l'équilibre sur la glace, mais il le retrouva. Bien sûr qu'il le retrouva. Ces salauds retombaient toujours sur leurs pieds, pendant que le reste du monde s'écroulait autour d'eux.

— Attention à ta tête.

Il poussa l'homme en avant dans la voiture, et la tempe du type heurta le coin de la portière avec un *bruit sourd*.

— Hé ! Merde, est-ce que je saigne ?

— Je t'ai dit de faire attention à ta putain de tête.

Petrosky saisit la portière et dit :

— Maintenant, bouge tes pieds à moins que tu ne penses que tes tibias gagneront contre le métal.

Patrick s'approcha alors que Petrosky claquait la portière, souhaitant que la tête du type y soit coincée. Le bras de son partenaire était replié contre son côté, toujours raide. Était-il en douleur ?

L'air glacial mordait le nez de Petrosky, frais, froid et piquant. L'homme blond dans la voiture dit quelque chose à travers la vitre fermée, et Petrosky leva la main et frappa la vitre, juste assez fort pour faire reculer l'homme sur son siège. Ses jointures palpitaient sous l'impact. Ça en valait la peine.

— Tu ferais mieux de te calmer.

Patrick leva la main pour lui taper l'épaule, mais il dut voir quelque chose sur le visage de Petrosky car il baissa le bras et jeta un coup d'œil à l'homme dans la voiture.

— Plus d'une fois, la bouche d'un homme lui a cassé le nez.

Petrosky inspira une fois de plus, plus profondément cette fois, laissant les glaçons de l'air glacial transpercer directement son cerveau.

— La bouche d'un homme lui a cassé le nez, hein ? Tu crois qu'il va se faufiler hors de ses menottes et me frapper ? C'est un magicien ?

— Le chef ne t'a pas dit d'aller parler à quelqu'un ? Un de ces...

Patrick agita ses doigts en l'air de chaque côté de sa tête.

— Pourquoi voir un psy quand je peux parler à ton pauvre cul irlandais gratuitement.

Mais peut-être devrait-il voir un psy, avant de finir par tuer un connard qui ne savait pas la chance qu'il avait, qui préférait battre sa femme plutôt que de l'aimer. Petrosky fit le tour du côté passager, stabilisant sa respiration avant que Patrick ne remarque ses mains tremblantes.

CHAPITRE 8

Petrosky fixa la bouteille de Jack Daniel's pendant une semaine, maudissant Patrick de l'avoir apportée — il voulait ressentir la douleur. Se souvenir de Heather encore un peu avant de la chasser définitivement de son esprit. — Ça t'aidera à dormir, avait dit son partenaire. Au moins, ça atténuera un peu. Petrosky lui avait lancé un regard noir, mais à la fin de la deuxième semaine, il l'avait ouverte et avait laissé l'alcool adoucir ses souvenirs et le plonger dans l'oubli. C'était presque trop facile de céder.

Ce qu'il fit chaque soir de cette semaine jusqu'à ce que la bouteille soit vide. Quand elle fut terminée, il passa trois nuits à regarder les ombres peindre des images horribles sur le plafond en popcorn — des mains ensanglantées et le visage défiguré de Heather, les morceaux brisés de son crâne. Le temps que la pièce s'éclaircisse chaque matin, les draps de Petrosky étaient trempés de sueur.

Il acheta une autre bouteille le soir du quatrième jour. Après cela, l'aube devint le pire moment, quand les images de Heather avec la moitié de sa tête le réveillaient comme une horrible sonnerie d'alarme. Il se réveillait souvent dans un état second, tendant la main vers elle, ses doigts enchevêtrés dans une matière cérébrale froide et visqueuse.

Au lieu de se jeter sur l'alcool le matin pour effacer cette sensation — boire pendant la journée n'était qu'à un pas des réunions, des parrains et des maladies du foie — Petrosky se plongea dans le travail. Pendant les trois semaines qui suivirent la récupération des cendres de Heather, il ignora toute référence à Heather ou à l'affaire, ce qui avait probablement rendu le détective super content, ce connard fainéant. Il ignora aussi Noël, prétextant une angine, au grand dam de sa mère, mais il y aurait toujours l'année prochaine. Peut-être. Et alors qu'Ash Park entrait dans le mois de janvier, l'odeur des gardénias et de l'encens avait commencé à s'estomper, et le son presque présent de sa voix s'était évanoui. Moins, cependant, les images du crâne fracassé de Heather.

Petrosky serra sa cigarette plus fort entre ses dents, laissant la fumée embuer le pare-brise au lieu d'ouvrir la fenêtre au froid. Pas de neige prévue aujourd'hui, mais le monde entier était encore recouvert d'une pellicule glacée et brillante, scintillant sombrement — un faux pas et vous étiez foutu. Pas que cela aurait de l'importance s'il se cassait quelque chose. Il ne faisait plus de jogging, et il n'avait jamais à courir après personne dans ce boulot. À quoi bon ?

Mais le sens reviendrait un jour, il en était sûr. Un jour, il recommencerait à courir — à vivre à nouveau. Une fois que la douleur s'atténuerait. Un jour, il oublierait l'odeur du sang de Heather, de la même façon qu'il avait oublié presque tout de Sammy, sauf son nom et le son de ses pleurs. Et finalement, ceux-ci disparaîtraient aussi. Son père ne mentionnait jamais le nom de Sammy.

Le parking de la boulangerie était désert, le sel

craquant sous ses semelles en caoutchouc alors qu'il se dirigeait vers la porte d'entrée. Il s'arrêta sur le trottoir devant
la vitrine et tirait les dernières bouffées de sa cigarette
quand il entendit : — Tu peux m'aider ?

Petrosky fit volte-face. Des talons bon marché, une
veste bon marché, des joues rouges comme si elle entrait
dans la boulangerie pour échapper au froid. *Tu peux m'aider ?* Comme il avait essayé d'aider Heather ? Pendant un
instant, il put presque se convaincre que c'était
Heather — qu'il aurait peut-être la chance de l'interroger,
de défaire les horreurs des derniers mois. *Que faisais-tu dehors
la nuit comme ça ? Pourquoi n'as-tu pas pu être honnête avec moi ?
J'aurais pu t'aider, bon sang !* Mais il n'avait pas su ce qu'elle
faisait, n'avait pas su pour sa dépendance ; elle lui avait
caché cela, et cela lui avait coûté la vie. Son cœur battait la
chamade, beaucoup trop vite — elle avait menti, elle avait
putain de menti, et maintenant elle était morte.

— J'ai l'air d'avoir "pigeon" tatoué sur le front ? siffla-t-
il.

— Quoi ? Non... Elle rougit encore plus. Tu ne
comprends pas.

Non, il ne comprenait pas, mais en la regardant, ses
épaules se détendirent. Ses boucles d'oreilles étaient chères,
même si sa veste ne l'était pas, et sa mallette était en vrai
cuir. Elle ne cherchait pas un pigeon. Mais que voulait-elle
de lui, alors ?

— Désolé, dit-il plus doucement. Que voulez-vous ?

— Je m'appelle Linda Davies, dit-elle avec un léger
tremblement qui pouvait être dû à l'anxiété ou au froid. Je
connaissais Heather.

Petrosky plissa les yeux en la regardant. Des cheveux
bruns, comme ceux de Heather, un visage en forme de
cœur et des lèvres pleines, mais ses yeux étaient noisette,
gris-vert-bleu, et son regard fit vibrer une petite aiguille de

reconnaissance dans sa colonne vertébrale. — Je vous connais.

— En effet.

— Du bureau des services sociaux. Ils ne s'étaient jamais rencontrés, mais il l'avait vue au commissariat pour une affaire ou une autre. Le bâtiment des services sociaux était une petite maison de fous, remplie de bienfaiteurs surmenés et sous-payés essayant de servir l'ensemble d'Ash Park, et il abritait aussi le bureau du grand psy où les flics allaient après avoir tué quelqu'un ou vu leur partenaire mourir dans une rue enneigée. Le chef avait suggéré à Petrosky d'y « faire un saut » comme s'il était un kangourou le jour où il était revenu au travail. Mais un psy n'était pas ce dont Petrosky avait besoin — il avait besoin de sortir sur le terrain, de se distraire, bien que cela ne marchait pas... pour l'instant.

— C'est bien moi. Linda sourit. J'ai aidé Heather à obtenir des services pour son père. Mais lors de notre dernière rencontre... elle a dit des choses étranges. J'essaie de vous joindre depuis.

Il avait débranché son téléphone fixe il y a une semaine. Sa mère l'appelait avec cette note d'inquiétude dans la voix, et il était trop épuisé pour même essayer de convaincre les autres qu'il allait bien.

— Vous m'avez suivi jusqu'ici ?

— Oui. Elle redressa les épaules. Mais je n'aurais pas eu à vous suivre si vous aviez répondu à mes appels — j'ai dû vous appeler dix fois depuis que Donald m'a donné votre numéro.

Il attendit qu'elle en dise plus, mais elle le regarda fixement à la place, et il y avait quelque chose dans ses yeux, une étincelle d'intelligence, ou peut-être de ténacité — la même ténacité qu'il avait remarquée quand Heather lui avait parlé de s'occuper de son père, de le garder hors d'un foyer. De la détermination — c'était ça. Il la fixa en retour. — Je n'ai pas eu les messages.

Linda soupira. — Bien, peu importe. Mais j'ai quelque chose que vous devez entendre. Sa voix était pressée, précipitée — était-elle pressée ? Probablement. Même le détective ne consacrait plus que le minimum à l'affaire de Heather. — Je sais que ça a l'air fou, mais je pense que la mort de Heather... Ce n'était pas juste une toxicomane qui essayait de se procurer de la drogue.

— C'était une toxicomane ; ils l'ont trouvée avec de la drogue dans l'estomac. Petrosky avait été amoureux, mais il n'était pas idiot. *Même si je suis un pigeon.* Le chagrin et la rage montèrent, s'intensifièrent, puis retombèrent alors qu'il disait : — Qu'est-ce qui vous fait penser que ce n'était pas le cas ?

— Elle n'avait pas besoin de sortir pour obtenir de la drogue ; elle aurait pu prendre les médicaments de son père. Il ne gère pas bien sa douleur, il ne prend pas autant de pilules qu'il le devrait.

Mais Heather n'aurait jamais pris les médicaments de Donald — pas question qu'elle le laisse souffrir juste pour se satisfaire. Ou bien ? Les toxicomanes faisaient ce genre de choses en pleine crise de manque, sans même y réfléchir. Et les gens développaient rapidement une tolérance aux drogues — elle avait peut-être commencé avec les pilules restantes de Donald, mais n'avait pas pu se maintenir ainsi. Et quand la demande avait dépassé l'offre, elle s'était prostituée au lieu de demander de l'aide. *Prostituée.* Comme si elle était un morceau de viande suspendu au plafond. Sa tête bourdonnait. Le soir de leur rencontre, elle avait dit que c'était sa première fois... et si c'était *vraiment* la première fois, mais qu'elle avait continué après leur rencontre ? Et si elle avait vécu dans sa maison et que, pendant qu'il était au travail, elle avait... elle avait...

SALUT

Menteuse, menteuse, menteuse, et dans sa tête, il pouvait voir ses iris vitreux et drogués, voir sa chair nue, son pantalon autour des chevilles, la voir penchée en avant, les mains contre le mur de briques, un dealer graisseux derrière elle, poussant, poussant, et un autre homme regardant, attendant son tour, et elle gémissant longuement et doucement comme elle l'avait fait avec Petrosky — peut-être qu'elle avait simulé avec lui aussi. Le feu et la bile lui obstruaient la gorge, et l'image d'elle en train de baiser un inconnu contre l'école disparut, remplacée par Heather la dernière fois qu'il l'avait vue : ses paupières couvertes de glace, la gelée de sa matière cérébrale parsemée de neige sur ses mains.

Il s'éclaircit la gorge, essayant d'ignorer la façon dont Linda penchait la tête — inquiète. — Le détective a dit que sa mort était liée à la drogue. Ce que le détective Mueller avait dit précisément était : « Elle essayait de planer comme un putain de cerf-volant, et quelqu'un lui a défoncé le crâne avec un pied-de-biche et a pris sa came. » Le pied-de-biche avait été retrouvé à proximité, sans empreintes. Comme la plupart des détectives qu'il avait rencontrés, Mueller était un connard — endurci, arrogant comme si le monde lui devait quelque chose, comme si l'un d'entre eux finirait mieux que de la nourriture pour les vers. Bien que c'était la huitième fois que Petrosky avait appelé. Une douleur soudaine lui brûla les doigts, et il baissa les yeux pour voir que sa cigarette s'était consumée jusqu'au filtre. Il jeta le mégot dans la neige, où il s'éteignit avec un sifflement comme un serpent en colère.

Linda baissa les yeux. — Comme je l'ai dit, l'histoire de la drogue ne me semble pas crédible, et j'ai une certaine expérience dans ce domaine, et pas seulement au travail. Elle rougit à nouveau. — Mon oncle était... Écoutez, peu importe. Je vois beaucoup de femmes, Détective...

— Je ne suis pas détective. Juste un flic de base avec un rocher entre les omoplates. Peut-être qu'il retournerait dans l'armée et se ferait exploser le visage, partant dans un brouillard rouge.

— Peu importe. Je dois vous dire ceci pour pouvoir dormir la nuit. Elle prit une profonde inspiration, et la compassion écrite sur son visage fit se détendre à nouveau ses épaules, mais pas sa poitrine — son cœur battait douloureusement contre ses côtes. — Je l'ai rencontrée le jour de sa mort. Chez son père.

Petrosky fronça les sourcils. Au diner, Heather avait dit : « J'ai un rendez-vous. » Apparemment, c'était avec Linda, qui lui avait probablement dit de placer son père dans une maison de retraite — encore. Pas étonnant qu'Heather ait été anxieuse au déjeuner ce jour-là.

La voix de Linda le tira de ses pensées et le ramena à la promenade enneigée. — Elle a reçu un message sur son bipeur quand j'étais là. Je l'ai entendu biper, et elle l'a rangé quand elle a vu que je regardais, mais elle était bouleversée — bien plus nerveuse que je ne l'avais jamais vue.

— Donald lui avait donné ce bipeur en cas d'urgence. Mais ils n'avaient pas trouvé le bipeur d'Heather sur les lieux ni nulle part ailleurs, un fait que Mueller aurait dû trouver significatif — il fallait être idiot pour négliger quelque chose comme ça. Et Mueller n'était pas un idiot. La poitrine de Petrosky brûlait. Dans l'armée, on suivait les ordres, et on apprenait à faire entièrement confiance à son commandant et à ses camarades. Mais ici... quelque chose clochait. Et dans le sable, on apprenait aussi à faire confiance à son instinct, ou on finissait mort.

— Donald était dans sa chambre quand je lui parlais, donc clairement quelqu'un d'autre a ce numéro, dit Linda, le tirant une fois de plus de ses pensées. — Je suis sûre que le détective a déjà vérifié le bipeur dans le cadre de la procédure, mais tout cela semble si... comme s'ils n'essayaient pas assez fort. Et Donald mérite de voir le meurtrier de sa fille mis sous les verrous avant... Elle souffla pour dégager ses cheveux de son visage. — Bref. Je pense simplement que le détective se trompe en disant que sa mort est liée à la drogue. Je pense que quelqu'un l'a attirée là-bas derrière cette école intentionnellement. Je pense qu'Heather connaissait la personne qui l'a tuée aussi — je pense qu'elle était en danger dès le moment où on l'a bipée. Et j'avais besoin de le dire à quelqu'un qui s'en souciait. Avec un dernier hochement de tête, elle se retourna et se dirigea vers le parking enneigé, laissant Petrosky la regarder s'éloigner.

CHAPITRE 9

Les paroles de Linda résonnaient dans sa tête toute la matinée, irritant les recoins de son cerveau. Avait-elle raison à ce sujet ? L'un des hommes dans le camion — soit l'homme ensanglanté, soit le tireur masqué — avait-il attiré Heather là-bas intentionnellement ? L'avait-il choisie ? Choisi de la réduire en morceaux, de réduire son crâne en miettes, cette horrible couronne d'os, et la boue, le froid, ses cils incrustés de neige, et son manteau violet... Petrosky essayait de chasser ces images de son esprit alors qu'il conduisait vers le commissariat, mais la lave dans ses veines devenait plus brûlante à chaque kilomètre. Qui l'avait tuée, et pourquoi diable auraient-ils voulu sa mort ?

Au moment où il gara sa voiture sur le parking du commissariat, son cœur battait si furieusement que ses mains tremblaient. Il ne pouvait pas continuer comme ça — il avait agressé verbalement cette pauvre femme ce matin, et tout ce qu'elle avait fait était de... *se soucier*. De Heather. Il devait éteindre ses émotions, comme il l'avait fait outre-mer, comme il l'avait fait dans le sable après avoir vu Joey mourir. Soudain, ses narines empestaient la poudre et la poussière.

Qu'est-ce que tu veux être, mon gars ?

Insensible, monsieur. Son propre père n'avait pas versé une larme quand Sammy était mort, n'avait même pas pris un jour de congé. C'était comme ça qu'on s'en sortait, qu'on revenait de la guerre, et apprendre à se fermer au monde avait rendu tout son séjour à l'étranger valable. La mort de Sammy lui avait fait mal jusqu'alors. Mais plus après. Et pas maintenant. Mais Heather... Il inspira profondément entre ses dents serrées.

Petrosky coupa le moteur et resta assis dans sa voiture, laissant l'air qui se refroidissait rapidement picoter ses sinus, regardant les stalactites qui pendaient du toit du commissariat comme des couteaux — des cônes opaques, de l'eau devenue mortelle, scintillant au soleil. Il fixait les stalactites. Juste la glace. Et au moment où Patrick sortit du bâtiment et lui fit signe d'approcher, les mains de Petrosky ne tremblaient plus. Il s'installa dans la voiture de patrouille de Patrick, canalisant son père dans les jours qui avaient suivi la mort de son frère Sammy, et reconstruisit son visage en pierre.

Le détective Mueller était dans l'open space quand Petrosky termina son service, le ventre bedonnant de l'homme pressé contre le bord de son bureau, ses cheveux gris et noirs coupés de façon désordonnée hérissés sur sa tête. Il leva son visage joufflu quand Petrosky s'approcha.

— Des pistes sur l'homicide de Heather Ainsley ? Presque Heather Petrosky. Presque.

L'homme grimaça en regardant le badge de Petrosky comme si son visiteur n'avait pas sa place ici — parce qu'il ne l'avait pas. — Le chef ne t'a pas dit de te tenir à l'écart de cette affaire ?

— Je me fous du chef.

Les yeux de Mueller s'écarquillèrent. Il croisa ses bras musclés.

— Et pour l'arme, au moins ? Allez, mec, fais-moi une faveur.

La mâchoire de Mueller se crispa, et pendant un moment, Petrosky pensa que le détective allait l'envoyer paître, mais l'homme baissa les bras et soupira. — On n'a pas grand-chose. Tout était neige, boue, impossible d'avoir de bonnes empreintes de pas. Et la balle de l'épaule de ton partenaire n'a pas aidé — .38 spécial, mais sans arme à comparer... Mueller se retourna vers son bureau, vers le dossier devant lui — une affaire qui importait évidemment plus que celle de Heather. — Sérieusement, cependant, le chef t'a dit de laisser tomber. Faisons comme si tu n'étais jamais venu ici.

Petrosky se hérissa. — Je ne vais pas partir. Quelqu'un devrait s'en soucier, même si c'était une pute droguée. Il cracha ces mots. Que Dieu l'aide s'il finissait un jour comme l'un de ces enfoirés endurcis — quelle existence misérable.

Mueller se retourna brusquement, les sourcils levés. — De quoi tu parles ? Personne n'a dit qu'elle était une pute. Elle n'était pas habillée comme une, et elle n'avait pas de signes de traumatisme vaginal, pas de preuves de rapports sexuels récents non plus — pas de fluides.

Pas de fluides ? Heather ne se prostituait pas ? Il avait été si prompt à le croire, si prompt à croire le pire d'elle.

Quelque chose de chaud frissonna le long de la colonne vertébrale de Petrosky.

— De plus, on a parlé à toutes les putes qui revendiquent cette rue, essayant de trouver un témoin. Mueller redressa les épaules. — Aucune d'entre elles ne savait qui elle était.

Petrosky fixa le bureau. Si elle n'était là-bas que pour la drogue... était-ce mieux d'être une droguée qu'une pute ? Mais elle n'avait jamais nié, elle lui avait presque dit qu'elle était une... — Peut-être que Heather n'avait simplement pas rencontré les femmes à qui vous avez parlé, dit-il lentement.

Mueller ricana. — Fais-moi confiance — les prostituées font attention à la nouvelle viande.

La poitrine de Petrosky se serra, mais une lourdeur lente et chaude s'était installée dans son ventre. Pas une pute, pas cette nuit-là. Juste là pour la drogue ; le quartier était connu pour avoir des dealers, mais ils traînaient à découvert, là où ils pouvaient vendre. Il avait supposé que Heather était allée derrière l'école pour effectuer un acte sexuel en échange de pilules, mais si ce n'était pas le cas... alors que faisait-elle là-bas ? Peut-être que Linda avait raison — quelqu'un lui avait demandé de les rencontrer. — Et pour le bipeur ? Vous avez vérifié qui l'avait appelée ?

— Pas de bipeur sur elle, mais oui, on a vérifié les relevés. Le seul appel cette nuit-là venait d'une cabine téléphonique sur Breveport. On a supposé que c'était son dealer.

Breveport, près du refuge pour sans-abri. Presque le même endroit où Petrosky l'avait arrêtée la nuit où ils s'étaient rencontrés.

Mueller croisa le regard de Petrosky. — Écoute, j'ai fait de mon mieux ici, d'accord ? Mais il n'y avait rien sur quoi s'appuyer. Elle était complètement défoncée, même si elle a essayé de vomir quand elle a réalisé qu'elle risquait de faire une overdose.

Vomir ? — Vous n'avez jamais mentionné ça.

— Je n'étais pas sûr jusqu'à ce que la scientifique ait fini avec tous les échantillons là-bas — tu as vu, cet endroit était un vrai bazar. Mueller le mit au courant : Heather avait des pilules intactes dans l'estomac, ce qu'il savait, mais ils avaient trouvé plus de pilules intactes et son dîner à moitié digéré caché sous la neige devant elle, et des blessures sur ses genoux pour s'être agenouillée. — Elle avait aussi des abrasions à l'arrière de l'œsophage supérieur, et des tissus sous ses ongles. Elle s'est enfoncé les doigts dans la gorge, dit Mueller. — Elle a dû réaliser qu'elle en avait trop pris.

— Si elle a vomi avant que les pilules ne se dissolvent, les drogues n'auraient pas encore fait effet, pas assez pour lui faire penser qu'elle faisait une overdose.

— Elle aurait quand même pu sentir que quelque chose n'allait pas — compté les pilules, vu qu'elle en avait pris plus que ce que son corps pouvait tolérer.

Ou... quelqu'un avait essayé de lui faire du mal. *Je pense que la mort de Heather... Elle n'était pas juste une accro qui essayait de se procurer de la drogue.* — Peut-être qu'elle n'a jamais voulu les prendre du tout.

— Ne voulait pas les... Mueller ricana. — Je sais qu'elle était ta copine, mais mec —

— Si elle était à genoux, incapacitée, pourquoi quelqu'un lui aurait fracassé le crâne ? Même si elle ne vomissait pas, il y avait deux autres personnes avec elle, deux tueurs contre une femme vulnérable. Ils n'avaient pas besoin de lui faire du mal pour la voler.

Heather n'aurait pas résisté lors d'une tentative de vol — elle pouvait à peine parler aux étrangers, encore moins leur tenir tête. Et les agresseurs devaient savoir que ni les prostituées ni les drogués n'étaient susceptibles d'appeler la police s'ils se faisaient voler leurs substances illégales.

— Pourquoi la tuer ? dit Mueller, incrédule. Pour s'amuser ? Ces psychopathes sont complètement tarés, la moitié le fait pour le frisson. C'est pour la même raison qu'ils lui ont brisé les côtes. Le médecin légiste dit qu'il semble qu'ils lui aient aussi piétiné la poitrine après coup. Il grimaça. Désolé.

Piétinée. Bon sang. La bile lui monta à la gorge, mais il la ravala et dit : — Clairement, ils avaient l'intention de la tuer — ça aurait pu être l'objectif principal. Linda semblait certainement le croire. Et s'ils l'avaient forcée à prendre les pilules pour la tuer, et quand elle a mis ses doigts dans sa gorge, ils sont revenus finir le travail ? Sa tête lui semblait remplie de coton.

— D'accord. D'autres drogués lui ont donné des pilules au lieu de les prendre, lui ont fracassé le crâne, ont fouillé ses poches pour trouver plus de drogue, puis sont partis attendre les flics. Il secoua la tête. Le vol était l'objectif principal, que la mort soit intentionnelle ou accidentelle. Le type que tu as vu était *défoncé* à cause de ce qu'ils lui ont volé — même quand il t'a vu avec Patrick, il est resté planté là.

Mais le gars dans la cabine du pick-up avait sûrement visé avec une précision impressionnante. La voix de Linda résonna à nouveau dans sa tête : *Le détective se trompe en disant que sa mort est liée à la drogue. Je pense que quelqu'un l'a attirée là-bas derrière cette école intentionnellement. Je pense que Heather connaissait la personne qui l'a tuée — je pense qu'elle était en danger dès le moment où on l'a bipée.*

Heather ne se prostituait pas comme le pensait Petrosky. Et s'il y avait une part de vérité dans les paroles de Linda, si Heather n'était pas non plus une droguée...

alors peut-être que Petrosky l'avait *vraiment* connue. Ou suffisamment. Suffisamment pour que ce qu'ils avaient partagé soit réel. Et ces salauds la lui avaient prise, l'homme ensanglanté et drogué et son ami au doigt sur la gâchette.

Ces salauds allaient tomber.

CHAPITRE 10

Je n'aurais pas dû venir ici. Si Donald sait quoi que ce soit, il l'aurait dit à Linda.

Petrosky gardait les yeux fixés sur le manteau en bois, où l'urne de Heather le fixait en retour — violette, mais pas comme un hématome. Violette comme les lèvres d'une femme morte. Et bien que la simple vue de l'urne lui nouait les entrailles, Petrosky préférait la contempler plutôt que de regarder ce à quoi le père de Heather avait été réduit.

Les joues de l'homme étaient creuses, émaciées, les cernes sous ses yeux si prononcés qu'on aurait dit qu'il avait été frappé. — Tu devras bientôt prendre Roscoe, dit Donald d'une voix tremblante, probablement autant à cause de la maladie que du chagrin. Je ne pense pas pouvoir m'en occuper plus longtemps. Pas sans Heather.

Petrosky détacha son regard du manteau, dépassant la cheminée en brique, les lambris en bois, pour se poser sur le pinscher assis sur les genoux de Donald. La tête du petit chien était si minuscule qu'un homme aurait pu l'écraser dans son poing. Son cœur se serra. Les oreilles de Roscoe se dressèrent, sa queue battant contre la jambe de Donald, mais ses yeux semblaient tristes, tombants. Peut-être que le chiot manquait aussi à Heather.

— J'essaierai de lui trouver un bon foyer. Petrosky regarda Donald, puis Roscoe, ses petits yeux de chiot à nouveau fermés. À quel point Roscoe serait-il triste si Petrosky ne rentrait jamais du travail ? La prochaine balle tirée d'une fenêtre de camion pourrait ne pas le rater. — Je ne suis pas assez présent pour m'occuper de lui. Il était chez lui le moins possible maintenant ; il ne supportait pas de sentir que Heather pourrait entrer en flânant avec des courses pour le dîner ou un film loué. Illogique, oui, mais ça faisait mal d'avoir cet espoir brisé chaque soir. Et même penser à déménager lui donnait l'impression de l'abandonner.

Donald renifla, les yeux fixés sur le chien. — Je demanderai à l'un des gars au bingo ce soir.

Le bingo. La seule grande sortie de Donald chaque semaine — il semblait qu'il essayait aussi d'éviter de rester seul à la maison.

— C'est une bonne idée. Le silence s'étira tandis que Donald regardait par la fenêtre... non, regardait *au-dessus* de la fenêtre. Vers le crucifix. Petrosky souhaita soudain avoir du papier de verre, voulant réduire ces blessures sculptées à de la chair de bois lisse.

Donald posa sa main sur le haut de la colonne vertébrale du chien et caressa Roscoe, les doigts tremblants, d'avant en arrière, d'avant en arrière. Sur le canapé, un sac en papier reposait contre un coussin à carreaux marron ; la salade que Petrosky avait achetée dans un fast-food le jour où ils étaient allés à l'église pour récupérer ce qui restait de Heather. Un côté du papier blanc était moucheté de duvet sombre. Bientôt, la moisissure serait sur les coussins, se propageant comme un virus jusqu'à tout envahir dans cette maison, obscurcissant les murs dépouillés, étouffant l'unique plante d'intérieur sur le rebord de la fenêtre en baie, étouffant le petit chien jappeur dans une couverture de noirceur suffocante.

Donald ne pouvait pas rester ici sans aide, même si quelqu'un achetait les courses et venait faire le ménage. Heather s'était trompée en pensant qu'il était autonome. Cet endroit s'effondrerait sans elle.

Mais ce n'était pas pour ça que Petrosky était là ce soir. Les paroles de Linda — *Le détective s'est trompé en disant que c'était lié à la drogue. Je pense qu'elle connaissait la personne qui l'a tuée* — résonnaient dans ses oreilles. S'il y avait une chance qu'elle ne soit pas allée rencontrer un dealer ; si elle avait été tuée pour une autre raison... il devait aller au fond des choses. Et Donald en savait peut-être plus qu'il ne le pensait.

Donald passa une main sur son front et grimaça.

— Comment va ta douleur, Donald ?

— Ça va.

— J'ai parlé à Linda, l'assistante qui passe ici parfois. Il semble que tes médicaments ne soient pas aussi efficaces qu'ils pourraient l'être.

— Esclaves des pilules, de la bouteille... les consomma-teurs seront rejetés. J'ai ma foi. Je n'ai pas besoin de drogues.

Donald pensait apparemment que les toxicomanes allaient droit aux flammes de l'enfer. Quelqu'un lui avait-il parlé des drogues dans le système de Heather ? — Do-nald... es-tu en train de me dire que tu ne prends pas du tout tes antidouleurs ?

— Jésus a souffert pour nous. Ses yeux devinrent vitreux. — Nous lui devons ça aussi — notre souffrance.

Mais Petrosky écoutait à peine. Donald ne prenait pas ses pilules, mais Heather renouvelait ces ordonnances pour lui chaque semaine. Il entendit à nouveau la voix de Linda : *Elle n'était pas juste une toxicomane essayant de se procurer de la drogue.* Mais Mueller pouvait aussi être sur une piste, si Heather avait volé les pilules de son père pour les vendre. Un vol qui aurait mal tourné.

— Heather a-t-elle déjà pris tes pilules, Donald ?

— Absolument pas. Sa tête se tourna brusquement vers Petrosky, les muscles de sa mâchoire tendus. — Heather était une bonne fille, murmura-t-il, d'une voix plus basse. Une bonne, bonne fille.

Être bonne n'avait rien à voir. Les bonnes personnes faisaient de mauvaises choses tout le temps. — Donald, la scène où elle est morte...

Il leva une main tremblante, et Roscoe releva la tête, regardant Petrosky, agité lui aussi. — Ed, je vais te dire la même chose que j'ai dite à ce détective — je ne veux pas savoir. Aucun homme ne veut entendre parler des dernières heures horribles de son enfant... Il détourna le visage.

Mais quel homme pourrait vivre en sachant que le meurtrier de son enfant était toujours en liberté ? Si Petrosky avait une fille, il ferait tout ce qui est en son pouvoir pour trouver le salaud qui lui aurait fait du mal. *Merde.* Si Donald ne le faisait pas pour sa fille, Petrosky le ferait pour sa fiancée — et Donald avait vécu avec elle, il devait forcément savoir quelque chose. — Heather avait de la drogue dans l'estomac, dit Petrosky avant de pouvoir changer d'avis. La police pense qu'elle a été tuée pour ça, qu'elle était une toxicomane.

Donald se retourna brusquement vers Petrosky. Ses yeux lançaient des éclairs. — Tu ne peux pas possiblement croire...

— Je ne le crois pas. *Du moins je ne pense pas le croire.* — Mais je veux savoir pourquoi elle est morte — j'ai besoin de savoir, d'avoir une explication, sinon chaque fois que je ferme les yeux, je dois la voir comme elle était quand je l'ai trouvée. Je n'arrive pas à effacer cette image de ma tête.

Donald se détourna à nouveau, fixant la croix, se demandant peut-être quelle douleur était pire — des clous à travers les mains, ou des clous invisibles à travers le cœur. — Peut-être qu'elle a rencontré de mauvaises personnes dans ce refuge, dit-il lentement. Je lui ai dit que faire du bénévolat là-bas était une mauvaise idée. Mais Heather... elle voulait aider les gens. Sa lèvre trembla. *Une bonne, bonne fille.*

Mais Mueller avait déjà interrogé les travailleurs du refuge à cause du message que Heather avait reçu du téléphone public devant. Seuls quelques-uns d'entre eux avaient interagi avec elle, et la seule personne dont Heather avait parlé était Gene, qui appelait pour son planning. — As-tu eu des nouvelles de l'ami de Heather, Gene ? demanda-t-il. S'il sait quelque chose sur Heather, quoi que ce soit...

— Je ne pense pas qu'il en sache beaucoup.

Il ? — Attends, Gene est un homme ?

Donald hocha la tête. — Il appelait tout le temps ici, il avait un faible pour elle, mais il n'était pas son genre. Il secoua la tête et grimaça, mais quelque chose brillait dans les yeux de Donald, une lueur de... droiture. — Il n'allait pas du tout à l'église, il travaillait juste au refuge. Sacrés païens. Le père Norman devrait savoir mieux que ça.

Païens. *Je me demande à quel point il était furieux quand Heather a commencé à sortir avec moi.* — As-tu déjà rencontré Gene ?

— Il est passé ici quelques fois. Un type un peu geek, le genre qu'on ne remarquerait pas deux fois dans la rue.

Mais ceux qu'on ne remarquait pas deux fois étaient

parfois les plus dangereux. La minuscule veuve noire. Le sportif sur le terrain de football avec ses cheveux blonds brillants, souriant, parfait... jusqu'à ce qu'il vous ramène chez lui et vous casse la figure.

— Quelqu'un au travail ? poursuivait Donald. Elle ne parlait jamais de ces gens-là, mais si quelqu'un là-bas ne l'aimait pas... Je n'arrive pas à l'imaginer, mais...

Heather ne travaillait nulle part ailleurs qu'au refuge. S'occuper de Donald était déjà un travail à plein temps. — Elle n'avait pas d'autre emploi, Donald.

— De quoi parles-tu ? Bien sûr qu'Heather avait un travail.

Le vieil homme devenait-il sénile ? — Où...

— Elle faisait de la comptabilité.

— Pour qui ?

— Oh, je ne suis pas sûr, exactement. Des banques et ce genre de choses.

Mais qu'est-ce que... ? Non, ça n'avait aucun sens. — Les banques ont des comptables internes, Donald.

— Arrête de me regarder comme ça, Ed. Il le fusilla du regard. — Elle fait ça depuis qu'elle est gamine, depuis la mort de sa mère. Sans elle... je ne sais vraiment pas ce que j'aurais fait. Ses yeux se remplirent de larmes, et il leva une main tremblante pour essuyer sa joue. — Tu peux jeter un coup d'œil dans sa chambre. C'est là qu'elle gardait les dossiers sur lesquels elle travaillait. Je ne peux pas y accéder avec... Il fit un geste vers le fauteuil. — Trop difficile de manœuvrer là-dedans.

Petrosky se dirigea dans le couloir, le fauteuil roulant de Donald grinçant derrière lui, passa devant la salle de bain, puis la chambre d'amis où un vieux tapis roulant trônait dans un coin, vestige d'une époque lointaine, quand la physiothérapie aurait pu signifier la locomotion. Maintenant, Donald faisait de la physiothérapie juste pour éviter l'atrophie. *Papa ne veut pas se débarrasser de ce tapis roulant même s'il ne peut pas l'utiliser ; il a du mal à laisser partir les choses.* La cage thoracique de Petrosky se serra. Un jour, quelqu'un pourrait le trouver mort à cinquante-cinq ans, les cahiers d'Heather serrés dans son poing, ses chaussures de course inutilisées craquelées et poussiéreuses sous le lit.

La poignée de la porte d'Heather semblait anormalement chaude dans sa main, et il la poussa avec un son qui ressemblait moins à un grincement qu'à un cri. Donald arrêta son fauteuil roulant à l'entrée — l'embrasure était un peu trop étroite pour qu'il puisse le suivre.

Le bureau d'Heather était contre le mur du fond, minuscule, d'un blanc éclatant contrastant avec le papier peint d'un rose-violet brillant. *Lavande*, lui chuchota-t-elle à l'oreille. Pas de souvenirs, pas de désordre, pas de photos. Le placard ouvert révélait une longue étagère vide en haut et une rangée de robes d'été, toutes les choses hors saison qu'elle n'avait pas encore apportées chez Petrosky.

— Tiroir du bas, je crois, dit Donald derrière lui. Je l'ai vue y jeter ses dossiers une fois.

Petrosky traversa la moquette à poils longs — bleu bébé, aplatie, mais propre — et se pencha, s'attendant à un grincement en ouvrant le tiroir, mais il était étrangement silencieux comme si quelqu'un avait huilé la glissière. *Tiens.* Des dossiers étaient empilés à l'intérieur, tous nets et propres comme si elle venait de les acheter, sans aucun des plis que ses propres dossiers avaient à force d'être ouverts et fermés des dizaines de fois. Il prit celui du dessus et l'ouvrit. Du papier millimétré avec des rangées de chiffres sur chaque ligne du haut en bas, disposés en huit colonnes.

— Qu'est-ce que c'est que tout ça ?

Donald haussa les épaules, et Roscoe ouvrit les yeux pour fusiller à nouveau Petrosky du regard pour avoir perturbé sa sieste. — Je n'ai jamais été bon en maths.

Ce n'était pas des maths — ni de la comptabilité. Il aurait dû y avoir des étiquettes sur les lignes, des détails pour chaque dépense ou source de revenu, quelque chose pour expliquer ce que représentaient les chiffres. Même les dossiers eux-mêmes n'étaient pas étiquetés avec des noms d'entreprises ou des années. Il passa à la page suivante : trois colonnes non étiquetées de ce qui semblait être des nombres aléatoires, de un à cent. Mais la page suivante était vierge. Tout comme la suivante. Petrosky tourna encore, et encore — au moins vingt pages de plus, toutes vides comme si elle avait acheté une rame de papier milli-métré juste pour remplir les dossiers, mais au dos d'une feuille vers la fin se trouvait une petite annotation, à peine visible... parce que quelqu'un l'avait effacée. Il la tint à la lumière : « Big Daddy » écrit en lettres bulles de fille de quinze ans, à l'intérieur d'un petit cœur.

Big Daddy ne ressemblait pas à un client de comptabi-lité ni même à un petit ami — Big Daddy ressemblait à un proxénète. Et que signifiaient tous ces papiers ? À moins que... elle ait voulu faire croire à Donald qu'elle faisait quelque chose de légitime. *Mais qu'est-ce qui se passe ici ?*

Petrosky glissa le dossier sous son bras. Soit c'étaient de vrais chiffres d'un vrai travail de comptabilité qu'elle avait miraculeusement obtenu à quinze ans, soit elle avait fabriqué les dossiers pour que son père ne se doute pas de l'afflux d'argent.

Petrosky pariait sur la seconde option.

Et si c'était vrai, d'où venait son argent ? Impossible que cela ne soit pas lié à sa mort. Petrosky se retourna. Donald l'observait depuis l'entrée, les sourcils froncés, une main sur le dos de Roscoe, les roues de son fauteuil juste derrière le chambranle. Petrosky plissa les yeux, remar-quant une minuscule fissure qui courait le long de la moulure de la porte... et la moulure autour du chambranle

SALUT

semblait plus épaisse que d'habitude. Il fit un pas en avant. Oui, cette fissure faisait le tour de toute la porte, une ligne minuscule qui séparait la moulure d'origine de la couche supplémentaire que quelqu'un avait installée.

—Je... Je peux t'aider, Ed ?

Petrosky détourna son regard — il avait dû avoir l'air de fixer l'homme. — Non, rien à faire. Juste quelque chose à comprendre. Heather avait ajouté une pièce de bois supplémentaire au cadre existant, s'assurant que Donald ne puisse pas entrer ici pour fouiner — elle cachait définitivement quelque chose. *Au moins je ne suis pas le seul à qui elle a menti.*

— Si tu veux apporter les dossiers dans le salon, je peux regarder avec toi, dit Donald. C'est juste difficile de se déplacer, c'est tout. Petrosky jeta un coup d'œil en arrière pour voir Donald se frotter la cuisse d'une main tremblante. — Ça a été difficile de faire... la plupart des choses depuis qu'Heather n'est plus là.

— J'en suis sûr. Et ça n'allait pas s'améliorer. Même Petrosky ne faisait que le strict minimum chez lui, et il avait deux jambes qui fonctionnaient. — Peut-être devrions-nous commencer à chercher des maisons de retraite, Donald. Petrosky l'aiderait à vendre la maison, mais il emporterait ses dossiers chez lui ce soir, examinerait chaque feuille jusqu'à ce qu'il ait une réponse.

Donald secoua la tête. — Je ne peux pas me le permettre, pas sans Heather.

La pièce se réchauffa. — Tu paies autant ici, entre l'hypothèque et l'aide à domicile. Prends simplement l'argent que tu utiliserais pour ça et mets-le dans une résidence assistée.

—Je ne peux plus me permettre cette maison non plus.

Mais il avait pu se le permettre quand Heather était là — quand elle faisait de la « comptabilité ». Le dossier sous le bras de Petrosky pesait mille kilos. — Tu veux dire qu'Heather... que ta fille s'occupait des factures ? Sa voix n'était qu'un murmure.

Les doigts de Donald caressèrent le milieu de la tête de Roscoe, encore et encore. — J'ai acheté cette maison après la mort de sa mère — je ne supportais plus de regarder la pièce où Nancy... s'est tirée une balle. Mais l'argent de la vente de l'ancienne maison s'est vite épuisé, et avec les frais médicaux...

— Tu me dis que ta fille de quinze ans payait ton hypothèque ? *Il s'en sortira. J'économise depuis la mort de ma mère, au cas où.* Petrosky avait pensé qu'elle gérait l'argent de Donald pour lui. Il avait manqué quelque chose d'important. Mais Donald aussi.

Petrosky se dirigea vers le placard, le cœur battant dans sa gorge, vérifiant les poches de ses vestes de printemps, passant ses doigts sur le mur du fond, cherchant des compartiments secrets, soulevant les bords du tapis. Rien.

— Que cherches-tu là-dedans, Ed ?

Il ne pouvait pas répondre — la chaleur dans sa poitrine le brûlait, consumant ses cordes vocales. *Dans quoi étais-tu impliquée, Heather ?* Que cherchait-*il* ? Des preuves de ce qu'elle faisait réellement à quinze ans, puisque personne n'aurait embauché une comptable aussi jeune — et il n'y avait aucun moyen qu'elle gagne suffisamment d'un quelconque petit boulot légal après l'école. Mais devait-il chercher ? Elle avait eu un million de raisons de nier être une prostituée, et elle ne l'avait jamais fait, pas une seule fois. Et que pouvait-elle faire d'autre si jeune qui aurait payé pour tout un foyer ?

— S'il te plaît, Ed, arrête...

Petrosky déglutit péniblement. Il passa ses doigts sous le bureau — cherchant une clé ? Un mot ? — mais ne trouva rien. Les autres tiroirs contenaient un baume à lèvres et un seul chewing-gum. Des moutons de poussière voletaient sous le lit. Quinze ans. Bon sang. Mais Mueller avait dit qu'aucune autre fille de rue ne reconnaissait Heather, donc elle ne pouvait pas avoir fait le trottoir chaque nuit pendant une décennie. Avait-elle été une escort ? Une call-girl ? Tout ce dont elle avait besoin était d'un riche sugar daddy... *Big Daddy*. Était-ce pour cela qu'elle l'avait appelé ainsi ?

L'explication de Mueller restait une possibilité : la drogue. Elle avait pu en vendre, soit à l'époque, soit maintenant. Il ne pouvait rien prouver, mais... aucune autre explication ne correspondait aussi bien. Parfois, la bonne réponse était la plus évidente. Se prostituer ou vendre de la drogue — l'un ou l'autre aurait rapporté de l'argent rapide. Les deux en auraient rapporté encore plus.

Donald l'observait. Stupide ou aveugle, peu importait — elle aurait été mieux ailleurs. Son cœur s'emballa en imaginant Heather à quinze ans, les yeux grands ouverts et larmoyants — désespérée. Faisant Dieu sait quoi pour gagner assez pour payer l'hypothèque de son père. *Dieu sait quoi*. Il pouvait imaginer le quoi. Il la revoyait, pantalon aux chevilles, un homme inconnu derrière elle, gémissant, gémissant...

Petrosky saisit le dossier sur le bureau et l'ouvrit brusquement devant le visage de Donald. La mâchoire de l'homme tomba. — Qu'est-ce que c'est ?

— Ce sur quoi ta fille travaillait.

— Ils sont vides.

— Elle n'était pas comptable — elle était une call-girl... ou une dealeuse. Ça ne pouvait être que ça. Quelle autre explication y avait-il ?

La mâchoire de Donald tomba. — Non. Non, il n'y a aucun moyen — Ses doigts s'arrêtèrent sur le collier de Roscoe, et le chien gémit comme si Donald l'avait pincé.

Donald retira sa main, et Roscoe sauta des genoux de l'homme et fila dans le couloir.

— Comment as-tu pu n'avoir aucune idée, en prenant son argent, mois après mois —

— Elle disait qu'elle avait obtenu cet argent honnête-ment, qu'elle travaillait, et je ne pouvais pas... Nous aurions été à la rue. Les narines de Donald se dilatèrent, sa lèvre inférieure tremblant. — Je l'aurais perdue au profit d'une famille d'accueil qui n'aurait pas pu l'aider, pas comme elle avait besoin d'être aidée — d'être sauvée.

— Sauvée ? *Espèce d'égoïste.* Les pères n'étaient pas censés profiter de leurs enfants ; ils étaient censés les proté-ger. — Tu penses que tu la sauvais en la forçant à s'occuper des factures ? Dieu sait ce qu'elle a dû faire pour —

— Tu as tort ! Mais le tremblement de sa lèvre indiqua à Petrosky que Donald avait soupçonné quelque chose de plus illicite que la comptabilité depuis longtemps, et l'homme n'était pas stupide. Mais il n'avait jamais rien fait pour aider sa fille.

Donald se redressa, et pendant un moment, les trem-blements s'arrêtèrent, et ses épaules se redressèrent comme elles avaient dû l'être dans sa jeunesse avant que la maladie ne s'installe. Puis il s'affaissa à nouveau. — Toute la douleur que j'ai jamais eue... rien ne se compare à la douleur dans mon cœur maintenant, Ed. Je prie pour que tu n'aies jamais à souffrir la perte d'un enfant.

Je ne le ferai pas. Petrosky préférerait être seul pour toujours plutôt que de risquer d'aimer — et de perdre — à nouveau.

— D'abord ce détective, puis l'assistante sociale, et maintenant toi... Donald marmonnait maintenant, secouant la tête. — Parlez-vous les uns aux autres et lais-sez-moi tranquille. Le corps d'Heather, les finances d'Heather... à chaque fois c'est un nouveau coup de couteau dans mon cœur.

Les finances d'Heather. Le détective, l'assistante sociale, et maintenant toi... Linda était-elle revenue ici depuis qu'ils avaient parlé ? Était-elle au courant du mystérieux travail d'Heather ?

— Quand l'assistante sociale est-elle venue ?

Donald fit une pause si longue que Petrosky crut que l'homme ne l'avait pas entendu. Puis : — Je pensais qu'elle t'avait parlé. N'est-ce pas pour ça que tu poses des questions sur l'argent ? Donald toucha son annulaire vide, se souvenant peut-être d'une époque avant d'avoir une femme, avant d'avoir une famille, avant même qu'Heather n'existe. Quand il était engourdi. Regrettant ces moments pour leur absence de douleur. — Elle était ici hier soir, dit Donald, à peine au-dessus d'un murmure. Maintenant, sors.

Hier soir. Linda enquêtait toujours.

Linda savait quelque chose que Petrosky ignorait.

CHAPITRE 11

Selon la réceptionniste du bureau des services sociaux, Linda était censée finir son travail à dix-sept heures, mais il était dix-huit heures trente-cinq, et elle n'était toujours pas sortie du bâtiment. L'obscurité autour de Petrosky semblait plus épaisse qu'au moment où il avait garé sa Grand Am au fond du parking, hors de portée des réverbères, et encore plus claustrophobique après que le ciel soit devenu noir charbon derrière les nouveaux nuages d'orage. À dix-huit heures quarante-cinq, le ciel s'ouvrit, déversant des monceaux de neige fondue mouillée — alternant entre grêle et retour — sur le parking... et sur son pare-brise.

Que faisait-il ici ? Traquer une femme ? *Rendre la pareille.* Elle enquêtait clairement sur l'affaire de Heather, en fouinant autour de Donald comme ça, mais avec un peu de chance, elle faisait un meilleur travail que ce connard de détective qui avait à peine attendu l'autopsie avant de laisser l'affaire de Heather tomber dans l'oubli. Petrosky alluma une cigarette et laissa la fumée resserrer ses poumons et concentrer son esprit. Il ne prit pas la peine d'entrouvrir la fenêtre, mais il activa les essuie-glaces ; la neige l'avait déjà enfermé dans une bulle de neige fondue scintillante.

À vingt heures vingt, la porte vitrée s'ouvrit, reflétant l'éclat jaunâtre des réverbères sur les buissons bordant l'allée. Linda resserra son manteau autour d'elle en se dirigeant vers le fond du parking, où sa Buick LeSabre était garée dans la même rangée que la voiture de Petrosky. Rechercher son immatriculation serait mal vu par la hiérarchie, mais c'était une petite chose — ce n'est pas comme si une seule entorse au protocole était une pente glissante vers l'abandon total des procédures.

Même si cela lui avait facilité les choses.

Il éteignit les essuie-glaces et observa la silhouette de Linda à travers la neige tombante, le bruit de ses pas résonnant sur l'asphalte salé, et quand elle fut à environ cent mètres, il serra la cigarette entre ses dents et sortit de la voiture. Elle se figea au milieu du parking. Elle l'observa, les poings serrés le long du corps.

— Linda ?

Ses muscles étaient tendus comme ceux d'une gazelle prête à s'enfuir, mais ses épaules se détendirent lorsqu'elle le reconnut. Elle marcha vers lui. — Que fais-tu ici ? Tu m'as fait une de ces peurs !

— Dis-moi ce que tu sais sur l'affaire de Heather.

— Je t'ai déjà dit ce que...

— Je viens de chez Donald Ainsley, dit-il, et ses yeux se plissèrent, leur souffle formant des nuages autour d'eux. La neige s'accrochait à ses cils — *comme ceux de Heather, comme ceux de Heather* — et il dut résister à l'envie de la balayer. Au lieu de cela, Petrosky inspira de la glace dans ses poumons, la laissant apaiser sa respiration frénétique.

— Pourquoi étais-tu là-bas, Linda ? Que sais-tu ?

Elle le fixa pendant un instant, puis : — J'ai trouvé

quelques... incohérences dans les papiers de Donald. Elle croisa les bras et frissonna. — Avant la mort de Heather, je lui avais proposé de trouver des ressources supplémentaires pour son père. Elle avait refusé, disant que c'était couvert. Elle jeta un coup d'œil vers le bâtiment comme si elle espérait que quelqu'un en sorte et la sauve de cet interrogatoire, ou peut-être pour s'assurer qu'ils étaient seuls — ce que Linda faisait ne faisait pas partie de sa description de poste. Mais personne d'autre ne franchit les portes. Le bâtiment aurait pu être un mirage, à moitié obscurci par le chaos qui tombait encore du ciel.

— Heather avait raison : c'était *effectivement* couvert, dit Linda. — Donald recevait la plupart de ses services par l'État, même la kinésithérapie, bien qu'il n'en ait plus besoin. Mais il avait besoin des aides à domicile que Heather payait de sa poche, et la semaine dernière, un de ces chèques a été rejeté.

— Oh, je comprends. Tu n'as pas été payée, alors tu as décidé de courir après Donald pour l'argent ?

— Je travaille pour la ville. Je ne suis pas le service de recouvrement. Ses yeux étaient si ardents qu'ils auraient pu brûler les flocons de neige et pénétrer son cerveau, et Petrosky recula. — J'y suis allée parce que, si les chèques étaient rejetés, Donald aurait besoin de nouveaux services par l'État, et je devais m'assurer qu'il les recevait.

— Ça, et pour fouiner un peu plus dans l'affaire de Heather.

— Toi, plus que quiconque, devrais vouloir découvrir ce qui s'est vraiment passé ! J'avais besoin de connaître la vérité après mon petit ami... Elle se frotta les bras avec ses mains gantées et, pendant un moment, elle parut dix ans plus jeune, le halo de glace flottante auréolant sa tête dans la lueur du réverbère, ses yeux noisette reflétant la lumière comme des phares, ses joues roses comme celles d'un chérubin à cause du froid. — Écoute, peut-on aller ailleurs ? Je te dirai tout ce que je peux — elle jeta à nouveau un coup d'œil vers le bâtiment — juste pas ici. Il gèle.

— D'accord. Tu veux aller boire un verre ? Il en avait définitivement besoin, et si cela pouvait délier la langue de Linda...

Elle hocha la tête et se dirigea vers sa voiture. — Tu conduis. Je suis fatiguée.

Leurs pas étaient étouffés par la couche de précipitations sur l'asphalte, *thup, thup, thup*, se mêlant au *tic tiqueti-tic* de la glace qui tombait encore. Linda s'arrêta à la portière passager, mais il continua jusqu'au coffre et y enfonça sa clé. La bouteille fraîche de Jack Daniel's brillait faiblement.

— Pas besoin d'aller où que ce soit, dit-il en claquant le coffre avec un *clang*. — J'ai le bar avec moi.

— Tu veux qu'on s'assoie dans la...

— C'est plus simple. Il était là pour obtenir des informations, pas pour un putain de rendez-vous.

Le ronronnement du moteur noya le monde extérieur, la lumière intérieure les baignant d'une lueur tamisée qui se reflétait sur les vitres encroûtées de neige — comme s'ils étaient piégés dans une boule à neige qu'on venait de secouer. Il ouvrit le bouchon et lui passa la bouteille. Elle fixa la bouteille un moment mais la prit et avala une gorgée, grimaçant, puis la lui rendit.

— Alors dites-moi, Mademoiselle Davies, que pensez-vous savoir exactement ? L'air sec des bouches de chauffage lui brûlait les narines tandis que l'alcool lui brûlait la gorge.

Elle détourna les yeux, plissant le regard vers le pare-brise et la tempête. — Les services pour le père de Heather, les aides à domicile dont j'ai parlé... Heather les payait avec des chèques d'un compte joint.

Il posa la bouteille sur la console et réchauffa ses doigts engourdis au-dessus de la bouche de chauffage. — Et alors ? Si Heather payait les factures de son père, il est logique qu'ils aient eu un compte joint.

— Son père n'était pas l'autre nom sur le compte, dit Linda. — J'ai appelé au sujet du chèque rejeté, et ils m'ont donné un autre nom : Otis Messinger. Elle passa ses doigts dans ses cheveux, frustrée. — Mais il n'est pas répertorié au service des immatriculations, et le numéro de sécurité sociale de Messinger que Heather a donné à la banque était bidon — et je dis 'Heather' parce que personne à la banque n'a jamais vu ce Messinger, pas une seule fois au cours des dix dernières années depuis qu'ils ont ouvert le compte.

Petrosky reprit la bouteille. Heather avait un compte en banque avec un autre homme depuis dix putain d'années, et il avait beau chercher, il ne voyait aucune raison pour qu'un homme lui verse ce genre d'argent à quinze ans, à moins qu'il ne lui fasse faire quelque chose d'illégal. Son sang bouillonnait si fort qu'il était surpris que la neige qui tombait autour de la voiture ne fonde pas au contact. Il avala une autre gorgée.

— Ce n'est pas tout, dit Linda en prenant la bouteille, la mâchoire serrée. Le lendemain de la mort de Heather, l'argent avait disparu. Une somme suffisante pour cinq années supplémentaires de soins pour Donald, retirée en un seul virement bancaire — et Messinger était le seul à avoir accès aux fonds. Elle leva la bouteille, le Jack brillant d'une lueur ambrée dans la lumière tamisée par la neige. C'est pour ça que le chèque a été rejeté.

Il ira bien. J'économise depuis la mort de ma mère — juste au cas où.

Linda resserra son manteau en frissonnant.

Heather avait de l'argent, plus que suffisant pour que

son père reste dans son propre logement jusqu'à sa mort. Et quelqu'un qui retirait l'argent le lendemain de sa mort était bien trop coïncident. Ce Otis Messinger... l'avait-il tuée pour l'argent ? Ou peut-être était-il l'homme qui l'employait. Cette histoire de Big Daddy n'était peut-être qu'un gribouillage, mais... ça semblait être plus que ça.

— Je suis allée rendre visite à Donald pour voir s'il savait qui était Otis Messinger, pour voir si Heather avait des relevés de chéquier, n'importe quoi qui pourrait m'aider à prouver que quelque chose n'allait pas, mais il semblait complètement ignorant. J'ai continué à enquêter cependant, et hier soir j'ai trouvé quelque chose au refuge pour sans-abri juste à côté, l'endroit d'où provenait la dernière page de Heather.

— Comment sais-tu d'où vient la dernière page de Heather...

— Je travaille avec votre service depuis cinq ans. J'ai aussi mes sources. Elle renifla, d'un air suffisant.

Avec qui diable travaillait-elle là-bas ? Quelqu'un qu'il connaissait ? Non, ce n'était pas le problème, pas maintenant. Le silence s'étira, mais il n'était pas inconfortable malgré leur tension à propos de l'affaire. La seule autre personne avec qui il partageait régulièrement le silence était Heather, mais elle aimait le calme plus que la plupart ; leurs deux pères appréciaient les enfants qu'on voyait mais qu'on n'entendait pas.

— Donc, le refuge... dit-il.

— Il semble que l'un de leurs visiteurs réguliers — un visiteur modèle selon tous les témoignages — ait rechuté une semaine après la mort de Heather. Et rien ne déclenche une rechute comme le stress... ou la culpabilité.

C'est tout ? — Un sans-abri toxicomane qui rechute ? railla-t-il. Quelles sont les chances ?

— Je sais, je sais, mais il s'était repris en main, avait

trouvé du travail — ou du moins c'est ce qu'ils supposaient, parce que dans les semaines précédant sa mort, il quittait le refuge chaque matin, bien habillé : pantalon kaki et chemises boutonnées et ce qu'ils appelaient des « chaussures claquantes » qui réveillaient les autres résidents quand il se levait tôt. Beaucoup de gens portent des uniformes comme ça, dans les grands magasins, les magasins de technologie, même les restaurants, mais...

Le pantalon kaki. Les chaussures à bout d'aile. Cet homme pouvait-il être celui que Petrosky avait vu dans cette rue enneigée, l'homme couvert du sang de Heather ? *L'homme qui l'avait tuée.* Si c'était le cas, l'argent et le compte en banque pourraient ne pas être liés ; un sans-abri toxicomane ne dormirait pas dans un refuge s'il avait à sa disposition l'équivalent de cinq ans de fonds de Heather. Peut-être que sa mort était vraiment liée à la drogue, et que Messinger avait récupéré ses fonds quand il avait appris qu'elle était morte.

— Pourquoi le détective chargé de l'affaire de Heather n'était-il pas au courant d'un type portant des vêtements correspondant à ceux du meurtrier de Heather ? Je sais que Mueller est allé au refuge.

— Les gens du refuge font moins confiance aux flics qu'aux travailleurs sociaux — je suis là pour offrir des services, pas pour les arrêter pour vagabondage. Et il est possible que personne n'ait pensé que c'était pertinent, à moins que le détective n'ait spécifiquement demandé à propos de la tenue. Ce type n'est là que quelques jours par semaine de toute façon — personne ne sait où il dort le reste du temps, ni où il travaille. Tout ce que j'ai obtenu, c'est son nom : Marius Brown.

— Marius Brown. La voix de Petrosky semblait épuisée, creuse. Il voulait voir ce salaud en chair et en os, mais il ne pouvait pas simplement débarquer au refuge et le prendre en embuscade — il y avait des procédures à suivre, un protocole.

Petrosky jeta un coup d'œil à l'heure sur le tableau de bord — il était plus de vingt heures. Mueller ne serait pas au commissariat maintenant. Mais dès demain matin, il parlerait à Mueller de Marius Brown, et de Gene, l'ami de Heather du refuge, l'homme dont Donald avait dit qu'il avait le béguin pour elle. Gene avait appelé pour connaître ses horaires, mais que faisait-il vraiment ? La traquait-il ?

Peut-être que demain il ferait des progrès. Peut-être que demain il aurait l'impression de faire quelque chose pour Heather.

Peut-être qu'alors il se réveillerait sans le sang de Heather sur les mains.

CHAPITRE 12

La neige diminuait alors qu'il rentrait chez lui, mais le cerveau de Petrosky était suffisamment orageux. Otis Messinger avait-il pris l'argent de Heather maintenant parce qu'il avait appris qu'elle était morte, ou parce qu'il faisait partie du duo qui l'avait tuée ? Marius Brown était-il l'homme avec le sang de Heather sur les mains, sa vie imbibant son pantalon ? Que Messinger soit l'homme dans le camion ou non, l'homme que Petrosky avait vu était le meurtrier — il y avait beaucoup trop de sang sur ses vêtements pour que ce soit simplement des éclaboussures après que quelqu'un d'autre ait fracassé le crâne de Heather avec une barre de fer.

La neige sur l'allée se transformait déjà en une boue humide et désordonnée. Il se gara mais resta assis, la main sur la portière côté conducteur, les cheveux sur sa nuque se hérissant. *Quelque chose ne va pas.*

Il scruta la route glacée, cherchant l'éclat d'yeux brillants dans les buissons, ou une silhouette humaine se cachant derrière un arbre, mais ne vit personne. Pas d'empreintes sur sa pelouse. La porte du garage était fermée, les fenêtres sombres, les stores tirés comme il les avait laissés.

Petrosky plissa les yeux à travers le pare-brise, luttant contre l'éblouissement de la glace sur son porche. Alors que les buissons les plus proches de lui étaient enveloppés de blanc, ceux à l'extrémité de la propriété, près de l'allée du voisin, étaient libres de neige, comme si quelqu'un les avait frôlés en les escaladant. Et il y *avait* des empreintes sur l'allée du voisin. Mais aucune de ces choses n'attirait son attention maintenant. Une ligne d'ombre assombrissait la base de son chambranle — la porte était entrouverte.

Petrosky bondit hors de la voiture, arme au poing, ses pieds glissant sur la marche supérieure glacée, mais il tendit la main et se redressa sur la rambarde. Le souffle haletant autour de lui, il se figea sur le porche, écoutant à la porte, mais n'entendit que le régulier *tic, tic* de la glace s'égouttant du toit, et son cœur tonnant. Il poussa doucement la porte.

Les phares éblouissants éclairaient le salon autrement sombre, rendant le tapis vert encore plus maladif là où il pouvait le voir sous les coussins renversés et les papiers qui jonchaient le sol. Le vase que sa mère lui avait offert — la seule chose chic qu'il avait dans cet endroit — était brisé, les éclats de verre scintillant comme de la glace sur le tapis.

Petrosky s'immobilisa, arme prête, puis s'enfonça plus profondément dans l'obscurité, passant devant la cuisine, dans le couloir — poussant la porte de la salle de bain en passant — puis vérifia sa chambre, jeta un coup d'œil dans la deuxième chambre vide. Personne. Il baissa son arme. Quiconque avait été ici était parti maintenant.

Il alluma les lumières et cligna des yeux dans la soudaine dureté, si vive après la pénombre qu'elle résonnait dans ses oreilles comme si ses rétines lui hurlaient d'éteindre les lampes. Mais... non. Il y *avait* un bruit strident — venant de l'extérieur. Il courut de nouveau vers le porche, le verre craquant sous ses chaussures, juste à temps pour voir des feux arrière disparaître sur la route. Un camion. Non...

Le camion.

Il s'élança hors de la maison mais glissa à nouveau sur la marche supérieure glacée, et cette fois, il manqua la rambarde, et le monde se mit à tournoyer jusqu'à ce qu'il atterrisse, fixant le ciel depuis un tas au bas des escaliers. La douleur chantait dans sa hanche, sa cheville, son coude. Jurant, il se démena pour se relever et boita jusqu'à la voiture, sautant à l'intérieur alors que le pickup tournait au coin de la rue, quittant son quartier. En direction de l'auto-route. Il mit violemment la marche arrière, et la voiture recula jusqu'à la rue, mais quand il passa en marche avant, un bruit de grincement strident déchira l'air ; la voiture semblait aussi bancale, trop lourde et plus basse de son côté. Il appuya fort sur l'accélérateur, secouant son cou alors que la voiture bondit en avant, et la roue heurta le trottoir, le grincement plus fort maintenant, bien plus fort que le moteur gémissant. *Non, non, non !*

Les pneus de son côté étaient à plat. Crevés.

Il frappa ses paumes contre le volant et tâtonna la poignée de la porte, puis l'ouvrit en grand et bondit hors de la voiture, la neige fondante glissant sous ses pieds, la porte d'entrée claquant — *Je dois appeler Patrick !* — ses chaussures broyant le verre brisé dans le tapis du salon alors qu'il... *merde.* L'homme, ou les hommes, qui avaient tué Heather avaient été *dans sa maison.* Avaient-ils aussi cambriolé chez Donald ? Que cherchaient-ils ?

Ses chaussures glissèrent sur le linoléum de la cuisine, la surface rendue glissante par la glace fondue. Il s'arrêta, la main sur le combiné du téléphone.

On ne tue pas une femme pour ensuite cambrioler son domicile, à moins qu'elle ait quelque chose qu'on veuille — ou quelque chose qui puisse vous incriminer. Mais pourquoi attendre un mois après sa mort ? À moins que les personnes qui avaient tué Heather n'aient appris les enquêtes de Linda et pensé que Petrosky était sur leur piste, et si c'était le cas... comment auraient-ils su pour l'enquête ?

Le cerveau de Petrosky était embrumé. Ses mains étaient engourdies. Rien n'avait de sens. Il lâcha le téléphone et écouta le lourd *clonk* du combiné retombant dans son socle. S'il y avait quelque chose ici, il pouvait le trouver lui-même. Il ne voulait certainement pas que Mueller fouille dans ses affaires... et cache quoi que ce soit de pertinent.

Petrosky revint sur ses pas pour fermer la porte d'entrée et prit un sac poubelle sous l'évier de la cuisine. Pendant deux heures, il gratta le verre du tapis vert aplati, lut puis jeta les papiers déchirés dans le sac poubelle, redressa les tables d'appoint et les chaises de la salle à manger renversées, sécha la neige fondue des carreaux. Quand il arriva à la chambre, il fit une pause, regardant les draps froissés qu'il n'avait pas changés depuis la mort de Heather. Si elle était encore là, seraient-ils en train de se disputer sur quel programme regarder ? En aurait-elle déjà assez de ses conneries ? Elle l'aurait sûrement fait laver les draps.

Il redressa les épaules, posa le sac poubelle par terre et s'agenouilla au milieu du désordre.

La chambre ne prit qu'une demi-heure, mais le travail vida la moelle de ses os. Chaque objet qu'il n'avait pas voulu voir — la lotion de luxe qu'il avait achetée pour elle juste comme ça, le pot brisé, la substance glissante et blanche sur le sol, et ses pulls, chacun de ses jeans — tout était exposé pour lui rappeler ce qui avait été. Et ce qui aurait pu suivre. Ses notes pour le mariage étaient toujours à leur place originale sur la table de chevet, bien que le cahier ligné ordinaire soit maintenant ouvert à une page marquée "Vœux". Pourquoi l'intrus l'avait-il ouvert ? Quiconque avait fait cela ne s'était pas soucié de ses rêves, de la bonté en elle. Ils voulaient seulement la détruire.

Le livre tremblait dans ses mains comme si les pages étaient vivantes.

Tu m'as sauvé de façons que je n'avais jamais imaginées.

J'ai hâte de passer une vie à te montrer à quel point je l'apprécie.

Son cœur était en feu. Les larmes lui piquaient les yeux. — Dans quoi t'étais-tu embarquée, chérie ? demanda-t-il au cahier. Que t'ont-ils fait ? L'objet était brûlant dans ses mains. Il jeta le livre à travers la pièce, les pages bruissant dans le silence. Dans l'espace derrière le lit, il trouva la bouteille — elle était toujours là aussi. Une heure plus tard, avec le Jack lourd dans son sang et la bouteille froide sous son oreiller, il s'endormit.

CHAPITRE 13

Tu ne peux pas simplement entrer là-dedans et parler à Mueller, dit Patrick, ses yeux boueux lançant des éclairs. Il se plaint déjà que tu marches sur ses plates-bandes, et le chef t'a dit de laisser tomber.

Petrosky fixait le commissariat à travers le pare-brise. *J'aurais dû simplement entrer au lieu de m'arrêter.* — Tout ce que j'ai fait, c'est lui demander...

— C'est justement ça. Patrick tapota le volant du bout des doigts. Ces connards n'aiment pas que quiconque remette en question leur travail, surtout pas un bleu.

— C'était ma fiancée.

— Raison de plus pour que tu te tiennes à l'écart de cette affaire.

— Me tenir à l'écart ? Comment puis-je simplement rester à l'écart ? Pourrais-tu rester à l'écart si c'était ta femme ou ton enfant...

— Je comprends, vraiment, mais tu dois au moins faire semblant de te tenir tranquille. Jusqu'à présent, tu es allé lui gueuler dessus sans aucune nouvelle preuve, sans rien de concret, juste des suppositions, et ça n'a certainement pas aidé. Ça t'a juste fait passer pour un fou.

Et ça a renforcé leur certitude que je n'ai pas ma place sur l'affaire. Patrick avait raison — il avait besoin de preuves d'abord. Petrosky passa une main sur son visage, la barbe naissante sur ses joues accrochant ses doigts calleux. Il n'avait pas besoin de cette merde, surtout pas après avoir passé trois heures ce matin entre l'attente de la dépanneuse et la réparation du caoutchouc lacéré qui était autrefois ses pneus — s'il avait eu plus d'une roue de secours, il aurait pu le faire plus vite lui-même. La mâchoire de Petrosky se crispa. Il regrettait déjà d'avoir parlé de Marius Brown à Patrick, bien qu'il ait refusé de nommer sa source, et il n'avait toujours pas mentionné l'effraction. Appelez ça de l'intuition ou de la paranoïa, mais quelque chose clochait sérieusement ici, et il ne savait pas à qui faire confiance.

Patrick lui lança un regard dur, un regard que Petrosky n'avait jamais vu auparavant, sombre et menaçant. Presque... rusé. — Alors, de quoi avons-nous besoin pour prouver un lien entre ce Marius Brown et la fusillade ? Pour l'instant, tu n'as qu'une intuition, mais si tu pouvais voir une photo de Brown...

Petrosky fronça les sourcils. Ils n'avaient pas de photo, pas encore, mais ils avaient un portrait-robot de l'homme que Petrosky avait vu sur la scène de crime de Heather. Ils pourraient l'apporter au refuge ; peut-être que quelqu'un pourrait l'identifier. Pourtant, même s'ils confirmaient *qui* il était, les travailleurs du refuge avaient dit à Linda qu'ils ne savaient pas *où* se trouvait Marius Brown. Et s'ils allaient au refuge avec le portrait-robot, ils devraient admettre à Mueller et au chef qu'ils s'étaient immiscés dans l'enquête. Encore une fois. Y avait-il un autre moyen de l'identifier ?

— Tu penses que Brown a un casier ? demanda Petrosky.

— Drogué, dormant au refuge, actuellement en pleine rechute... probablement. Mais les stups ne nous diront rien — ordre du chef. Le chef est déjà venu me parler ce matin, il m'a dit de garder tes fesses loin de l'affaire. Je parie qu'il a dit la même chose au gars bourru de la salle des archives.

Que le chef aille se faire foutre, qu'il aille se faire foutre dans sa stupide oreille. Petrosky soupira et tambourina des doigts sur la console. — Donc si on ne peut pas demander à voir ces dossiers, comment va-t-on s'assurer que ce Brown est notre homme avant d'aller parler à Mueller ?

— Qui a dit qu'on allait demander, espèce de bouc ?

— Garde tes conneries de baiseur de chèvres pour toi, Paddy.

Patrick sourit, avec cette suffisance irlandaise, mais l'humour dans ses iris avait disparu. Irlandais *rebelle*.

L'agent Jason Rhodes était de service en bas, assis sur une chaise pliante devant un bureau en contreplaqué, faisant des mots croisés. Très constructif, comme s'il n'y avait pas de criminels à attraper. Des tueurs en liberté. Derrière Rhodes, le couloir s'ouvrait, avec une porte de chaque côté — l'une pour le stockage des preuves, l'autre menant aux classeurs.

Petrosky avait le cœur dans la gorge. Rhodes leva la tête et remonta une paire de petites lunettes métalliques sur son nez en bec d'oiseau. Le crétin ressemblait à un putain de hibou, mais avec un œil paresseux qui le faisait paraître plus stupide qu'il ne l'était probablement. Une effraction... c'est ce que Patrick et lui étaient en train de faire, non ? Sa poitrine se réchauffa. *Et puis merde.* Qu'est-ce que ça pouvait faire s'il perdait ce boulot ? Ils lui menaient la vie dure depuis son arrivée, et maintenant ils laissaient Heather pourrir dans une pile de dossiers avant de la reléguer pour l'éternité dans ce trou à rats humide. Elle méritait mieux. Toutes les familles méritaient mieux.

Il n'avait jamais considéré cet aspect auparavant, être du côté des affaires non résolues... la politique, la mentalité du "laisse tomber et passe à autre chose", les détectives surchargés, le manque de fonds pour faire plus, pour faire mieux. Le fait que faire mieux signifiait s'introduire dans cet endroit au lieu de suivre les ordres... eh bien, c'était un effet secondaire merdique de la bureaucratie. Et il détestait la merde.

Le vieux Paddy était déjà accoudé au bureau, ses gros doigts étalés sur le dessus de la table. Rhodes sourit — il ne regarda pas dans la direction de Petrosky.

— Patrick ! Espèce de vieux fils de pute, qu'est-ce que tu deviens ?

Petrosky jeta un coup d'œil à Patrick, mais son partenaire resta planté devant le bureau. — Pas grand-chose — ça fait trop longtemps, espèce d'andouille. Viens prendre un café avec moi, et mon partenaire peut tenir le bureau pour toi.

C'est comme ça que Patrick parle aux autres flics ? Ça le faisait paraître un peu moins "irlandais rebelle" et plus comme un lèche-cul mou. Il y avait probablement de pires façons de réussir, mais Petrosky n'en voyait aucune.

— Désolé, Pat, je ne peux pas quitter mon poste. J'ai un million de dossiers à finir de ranger, et si je pars...

— Ouais, je vois à quel point tu bosses dur. Patrick fit un geste vers les mots croisés, et les joues de Rhodes virèrent au rose. — Ne fais pas ton con. C'est pas comme si les dossiers allaient s'enfuir — ils seront en sécurité avec Ed, ici. Il sourit, mais la chair de poule picota les bras de

Petrosky. L'homme était un sacré bon menteur. Tout comme Heather l'avait été.

Mais si Petrosky pensait qu'elle n'était qu'une menteuse, pourquoi risquait-il son travail pour elle ?

Parce que quelqu'un l'a transformée en ce qu'elle est devenue. Et parce que je l'aime.

Rhodes jeta un regard en biais à Petrosky. — C'est... Je ne peux pas le laisser entrer.

— Jésus, Marie, Joseph, il peut bien comprendre comment faire signer le papier aux gens.

— Non, ce n'est pas ça, le chef a dit...

— Le chef est obligé de dire ça, il le fait chaque fois que quelqu'un perd un membre de sa famille, non ? C'est juste une précaution.

Le visage de l'homme s'adoucit lorsqu'il regarda de nouveau Petrosky — de la pitié. Petrosky se hérissa. *On aurait dû entrer par une putain de fenêtre.*

— Il est OK, Rhodes. Tu as ma parole, et il n'y a rien de plus pur que la parole d'un Irlandais, dit Patrick, et ça sortit comme "Oye-landais".

Rhodes soupira. — D'accord. Un café. Il jeta un coup d'œil à la salle des archives et revint à Patrick. — De toute façon, je n'ai jamais vraiment aimé le chef.

Lèche-cul ou pas, les tactiques du vieux Paddy étaient efficaces.

Rhodes se leva, et Petrosky prit sa place. Il avait vingt minutes, probablement moins. Mais Rhodes resta là un moment, examinant la table, puis la porte de la salle des archives à nouveau.

Vingt minutes à partir du moment où il part. *Ressaisis-toi, Petrosky, ne sois pas une putain de chèvre stupide.* Ou quelque chose que Patrick dirait.

Son partenaire lui jeta un dernier regard en montant les escaliers avec Rhodes. Petrosky attendit le *boum* de la porte qui se ferme, le *clic* du loquet, et se précipita vers la salle des archives.

La pièce sentait la fumée de cigarette froide — menthol, une merde horrible, mais l'eau lui vint à la bouche. Sur le mur du fond, une horloge en plastique bon marché *tic-tac*ait les minutes au-dessus de la rangée centrale de classeurs à hauteur de poitrine. Les murs latéraux étaient également bordés de tiroirs métalliques.

Marius Brown. Qui pourrait être l'homme qu'il avait vu dans la rue. L'homme couvert du sang d'Heather.

L'homme qui l'avait tuée — et qui s'était enfui.

Mais pourquoi l'avait-il tuée ? L'histoire de drogue avait le plus de sens, tout comme il était logique que Messinger ait récupéré son argent une fois qu'elle était morte. Mais ça ne *semblait* pas juste. Il y avait eu deux personnes dans ce camion. Deux. Brown l'avait peut-être tuée, mais il avait eu un complice. Et ils avaient bipé Heather ce jour-là, l'appelant dans l'obscurité derrière l'école. Ça ne ressemblait pas seulement à une histoire de drogue. Son meurtre semblait planifié, prémédité, ce qui signifiait qu'il y avait un motif. Une raison.

Petrosky se dirigea vers le mur latéral, où les classeurs étaient alignés par ordre alphabétique. Les acariens irritaient son nez, et il étouffa un éternuement. Marius Brown... Brown... Le premier classeur avait « Aa-Ak » écrit au marqueur sur une fine bande de ruban adhésif. Il marcha le long de la rangée jusqu'à ce qu'il trouve « Bo-Bz ». Il saisit le tiroir et tira. Il resta coincé. Le classeur était verrouillé.

Merde.

Il courut vers le bureau d'accueil... vide. *Cet abruti n'a pas laissé les clés ?* Mais bien sûr que non — Rhodes n'était pas prêt à risquer son travail en laissant à Petrosky un moyen de s'infiltrer.

Petrosky ouvrit brusquement les tiroirs du bureau — stylos, papier, un autre livre de mots croisés. Dans le tiroir de droite, sous un paquet de ruban adhésif Scotch, se trouvait un couteau suisse, le métal froid contre sa paume. L'horloge sur le mur indiquait 9h22 : il avait déjà perdu trois minutes.

Couteau en main, il retourna dans la salle des archives et glissa la lame dans le haut du tiroir, juste derrière le mécanisme de verrouillage. Le verrou ne bougea pas. Il le poussa doucement vers la gauche, puis vers la droite, agitant la lame contre le métal, se rappelant la vieille Buick que son père avait l'habitude d'avoir, celle qui n'avait jamais eu de serrure fonctionnelle ; son père devait la crocheter chaque fois qu'il se garait quelque part de peu recommandable.

Huit minutes restantes. *Bon sang.*

Son père n'aurait jamais mis autant de temps. Petrosky aurait dû passer plus de temps à s'entraîner. *Ouais, c'est ça, parce que j'utiliserai définitivement un couteau suisse pour cambrioler des dossiers de police à l'avenir.*

Puis : *clic*. Le verrou s'ouvrit, et il fit glisser le tiroir, ferma la lame et glissa le couteau dans sa poche. Il feuilleta les dossiers, trois, six, neuf, vingt, vingt-cinq, Boole, Boscowitz, Briar...

Cinq minutes restantes.

Il tourna un autre dossier. *Là*. Marius Brown. Patrick avait eu raison à propos de son casier judiciaire, à moins qu'il ne s'agisse d'un autre Marius Brown. Il arracha le dossier, tirant accidentellement celui devant lui aussi, ces pages battant en tombant comme si un million de mites en colère avaient envahi la salle des archives.

Depuis le couloir, quelque chose grinça, et il se figea — la porte du sous-sol. Ils étaient de retour. Il saisit le dossier qu'il avait fait tomber, essayant de le remettre en ordre, puis se contenta de fourrer feuille après feuille dans le dossier manila, froissant les pages en les forçant à l'arrière du classeur.

Il se redressa et ouvrit brusquement le dossier de Brown. Pas encore d'accusations de meurtre, juste des accusations de possession — opioïdes et OxyContin. La photo d'identité judiciaire montrait l'homme, le regard terne et mort et... *C'est lui.* Petrosky aurait reconnu le meurtrier d'Heather n'importe où, même sans le camion garé derrière lui, sans le pantalon kaki, sans le sang d'Heather couvrant ses bras. Le visage mort d'Heather remonta à la surface de son esprit, et le désespoir monta dans sa poitrine ; il le refoula. Des pas résonnèrent dans les escaliers, plus proches maintenant. Il jeta un dernier coup d'œil au dossier dans sa main avant de le fourrer sous sa veste. Dernière adresse connue, un endroit où Heather avait passé quelques jours chaque semaine à livrer des vêtements et à préparer des repas. Le refuge pour sans-abri. Plein de gens essayant simplement de survivre.

CHAPITRE 14

E t tu as vu une photo de ce type comme ça, par hasard ? demanda Mueller, les coudes plantés sur le bureau, une main tenant toujours sa tasse de café du matin.

— Oui. J'ai vu une photo au refuge quand j'y suis allé pour déposer des vêtements de Heather, répondit Petrosky. Un de ces murs couverts de visages souriants, pour vendre l'endroit — comme si quelqu'un là-bas avait besoin d'une autre raison que les lits.

Les yeux de Mueller se plissèrent ; il savait que Petrosky mentait. Mais à son crédit, il se contenta de hocher la tête.

— Je pensais que tu me racontais des conneries quand tu es entré ici ce matin, mais...

Petrosky attendit qu'il en dise plus, mais Mueller se pencha en arrière et but une gorgée de café. Il reposa la tasse sur le bureau.

Allez, espèce d'enfoiré, je viens d'attendre une heure pendant que tu foutais rien au téléphone. — Mais quoi ?

— La banque dit que Marius Brown a reçu de l'argent

le lendemain de la mort de Heather Ainsley — une somme considérable. Près de cinquante mille dollars.

Cinquante mille dollars — l'équivalent de cinq ans de versements hypothécaires et de frais d'aide à domicile ? Non seulement Marius Brown avait tué Heather, mais quelqu'un l'avait payé pour le faire... avec l'argent de Heather. Petrosky ravala sa bile en même temps que la rage implacable qui bouillonnait dans ses entrailles. Peut-être devrait-il parler à Mueller de l'argent retiré du compte de Heather, de Messinger — mais non. L'homme avait suffisamment d'éléments pour commencer l'enquête. Petrosky garderait cette information en réserve pour le moment où Mueller voudrait laisser l'affaire refroidir à nouveau.

Mueller fit un geste vers les escaliers.

— Pourquoi n'irais-tu pas faire un tour avec ton partenaire ?

S'il pense que je vais le laisser s'en occuper tout seul —

— C'est ton secteur, non ? Les rues autour du refuge ? J'aurai besoin de renforts si les choses tournent mal, et si tu te trouves dans les parages, le chef ne pourra pas dire grand-chose, conflit d'intérêts ou pas.

Attends, Mueller lui... donnait une occasion de participer à l'enquête ? — Je peux faire ça, dit rapidement Petrosky. Peut-être que Mueller n'était pas un aussi gros connard qu'il le pensait.

La journée était glaciale mais ensoleillée, le vent cinglant dans le parking brûlait ses joues comme des rafales de flammes. Petrosky mit la voiture en marche et s'engagea doucement sur la route derrière la voiture de Mueller. La

SALUT

sueur collait le col de son uniforme à sa nuque malgré la brise glacée.

— Tu es sûr qu'il a dit de le suivre ? demanda Patrick en plissant les yeux vers la route.

Non. La neige fondue sur les rues faisait un bruit de claquement humide contre les côtés de sa voiture — *floc, floc, floc* — la glace d'hier sur les trottoirs scintillait sous le soleil éclatant. Petrosky jeta un coup d'œil ; Patrick fronçait les sourcils en regardant le pare-brise. Petrosky détourna le regard. Il n'avait toujours pas dit un mot à Patrick à propos du vol. Deux fois, il avait ouvert la bouche pour le lui dire, mais chaque fois, une oppression dans sa poitrine l'avait retenu. Au lieu de réfléchir à ce que cela signifiait, il garda les yeux fixés sur la vieille Dodge de Mueller alors que le détective se garait devant le refuge.

Petrosky alluma la radio, espérant qu'elle resterait silencieuse. Mueller avait dit de patrouiller dans leur secteur et qu'il appellerait des renforts si Marius Brown était là, mais tout appel dans cette zone pourrait aussi être de leur responsabilité. Une portière claqua. Le rythme cardiaque de Petrosky s'accéléra lorsque le regard de Mueller se posa brièvement sur la voiture de Petrosky avant de se détourner, puis Mueller marcha rapidement vers le refuge recouvert de glace à travers le parking salé. L'endroit n'était pas énorme : peut-être deux mille pieds carrés d'espace ouvert, des lits superposés empilés du mur au mur, des bénévoles changeant les draps ou préparant la nourriture. Il serait difficile de s'y cacher. Le refuge était verrouillé comme un coffre-fort la nuit — comme la plupart des endroits dans le coin — mais à cette heure du matin, les gens seraient en train de manger ou de se préparer à partir. Avec un peu de chance, ils n'avaient pas manqué Marius.

Quelques instants plus tard, Mueller ressortit, l'air

renfrogné, et se glissa de nouveau derrière son volant. — Où va-t-on maintenant ? marmonna Patrick.

Petrosky mit la voiture en marche et suivit le détective à travers la ville en dégel. Il ne se souvenait pas d'avoir sorti ses cigarettes, mais soudain il y en avait une dans sa bouche, le froid dur et râpeux du briquet contre son pouce, la fumée dans ses narines. La rue boueuse défilait lentement de chaque côté, le soleil si aveuglant sur les monticules de neige glacée au sommet des bordures que Petrosky faillit manquer le virage serré de Mueller dans un parking. Une bouffée d'air froid glaça sa joue, celle du côté de Patrick, mais bien que la fenêtre restât baissée, Pat eut la décence de garder le silence.

L'enseigne au-dessus du bâtiment vert fluo criait : *BIG BOX APPLIANCE*. Le bâtiment en briques rouges à côté avait des planches couvrant la plupart des fenêtres de devant, et les fenêtres sans planches étaient des trous béants. Pas de verre.

Qu'est-ce que tu fous, Mueller ? Petrosky s'arrêta à côté de la voiture banalisée de Mueller et fixa l'avant du bâtiment, les lèvres serrées autour de sa cigarette, inhalant comme un aspirateur.

Mueller ne resta pas longtemps à l'intérieur — il ressortit en trombe sur le parking moins de cinq minutes plus tard, mais au lieu de se diriger vers sa propre voiture, il marcha d'un pas décidé vers la leur. — Marius Brown travaille ici, selon Jerry, le concierge du refuge.

Petrosky fronça les sourcils. Tout ce temps et personne n'avait la moindre idée d'où Brown travaillait, mais soudain ce Jerry savait exactement où le trouver ?

— Il est arrivé au travail à huit heures, dit Mueller, mais il a reçu un message environ trente minutes plus tard et a dit qu'il devait faire une « course rapide ». On dirait que c'est habituel pour lui — il deale probablement.

SALUT

Petrosky jeta un coup d'œil à l'horloge du tableau de bord : neuf heures quinze. Seulement quarante-cinq minutes depuis que Brown était parti. — Je suis surpris qu'il soit venu travailler du tout avec cet argent sur son compte. Il a dû faire un détour en revenant au travail. À moins que Brown ne sache qu'ils venaient l'arrêter. Si le gars était en fuite, ils lanceraient un avis de recherche, le trouveraient avant qu'il n'aille trop loin. Petrosky ouvrit sa portière d'un coup sec.

— Je vais lancer l'alerte, mettre des unités en surveillance, dit Mueller comme s'il lisait dans ses pensées. Mais si quelqu'un d'autre l'a appelé, ils l'ont peut-être récupéré — il semble qu'il soit sorti par devant et non par l'arrière où se trouve le parking des employés.

— A-t-il seulement un véhicule ? Peu probable, sinon il y dormirait. Petrosky plissa les yeux vers le bâtiment, puis vers la ruelle qui passait entre le magasin d'électroménager et le monstre de briques rouges à côté. — Ça vaudrait peut-être le coup de vérifier le parking des employés quand même. Ils devraient au moins jeter un coup d'œil avant de lancer l'alerte ; ils pourraient attendre dans le parking au cas où Brown se montrerait. Petrosky était en uniforme, mais aucun d'eux n'avait conduit une voiture de police banalisée, donc Brown ne saurait pas qu'ils étaient là avant d'entrer — et alors il serait trop tard pour les éviter.

Mueller examina à nouveau le bâtiment, puis hocha la tête.

La neige fondante clapotait sous les semelles en caoutchouc de Petrosky, le vent vif et frais contre son visage alors qu'ils entraient dans l'ombre des bâtiments. L'étroite ruelle était tout juste assez large pour une voiture. La peinture vert citron du magasin d'électroménager s'écaillait par endroits, révélant des cicatrices de parpaings gris sur leur gauche, et le bâtiment abandonné de trois étages en briques rouges se dressait sur leur droite ; aucune fenêtre d'un côté comme de l'autre, aucun indice de ce que contenaient les bâtiments. Trois étages plus haut, le pâle soleil brillait à travers le rectangle dessiné par les lignes de toit.

Au bout de la ruelle se trouvait une dalle de béton fissurée avec de la place pour pas plus de quatre voitures. Une Pontiac Firebird avec de la rouille autour du passage de roue arrière était garée sur leur gauche, à l'entrée de la ruelle. À la place la plus éloignée, à côté de l'entrée arrière du magasin, se trouvait une Pinto orange, semblable à un scarabée, dont l'arrière dépassait de derrière un break à panneaux de bois. Petrosky s'avança vers le fond du parking, où un muret de briques les séparait d'un parking similaire au-delà. — S'il a fait demitour et sauté ce mur au lieu de remonter la rue, on pourrait avoir des témoins pour nous dire dans quelle direction...

Petrosky s'arrêta de marcher.

Derrière lui, Mueller murmura : — Merde.

Une paire de chaussures à bout fleuri, les mêmes que celles que le tueur portait la nuit où il avait assassiné Heather, dépassait des pneus arrière de la Pinto, les orteils pointés vers le haut. Petrosky contourna la voiture.

Marius Brown gisait sur le sol, un trou au centre de la poitrine, sa chemise imbibée de sang. Ses yeux fixaient le ciel, vides.

Personne n'avait entendu le coup de feu ? En même temps, les murs étaient en brique, et seule la moitié de ces bâtiments était occupée. Quiconque l'aurait entendu aurait pensé qu'il s'agissait d'un pot d'échappement. Les gens préféraient l'explication la plus ensoleillée.

— C'est l'homme qui a tué Heather Ainsley ? dit Mueller derrière lui, et sa voix semblait venir de très loin, comme s'il parlait à travers un tunnel.

— C'est lui, dit Petrosky, et sa voix aussi semblait lui parvenir de loin.

Ils restèrent tous silencieux un moment, puis Mueller parla : — C'est pas normal.

Il était temps, bordel.

Patrick les ramena au poste, les pensées de Petrosky étaient si bruyantes qu'il pouvait à peine entendre le gémissement du moteur, encore moins se concentrer sur la route.

Petrosky était content que Brown soit mort — il l'avait bien mérité. Sa seule réserve était qu'ils ne pouvaient pas interroger l'homme, découvrir pourquoi il avait tué Heather et qui était son partenaire masqué dans le camion — l'homme qui avait tiré sur Patrick. Petrosky ferma les yeux contre le soleil aveuglant qui traversait le pare-brise.

Alors quoi maintenant ? La mort de Heather devait être plus qu'une transaction de drogue qui avait mal tourné, sinon Marius Brown serait toujours en vie. Peut-être que Brown avait été assassiné par son partenaire dans la voiture ; peut-être que ce mystérieux tireur de flic avait pensé que Brown allait exposer leur crime ou le vendre en échange d'une peine plus légère. Peut-être que cette même personne était entrée par effraction chez Petrosky, aussi, à la recherche de tout ce qui pourrait l'impliquer dans la mort de Heather. Ça devait être ce Otis Messinger, non ? Messinger était la seule autre personne qui avait accès aux fonds de Heather, et il avait mis son argent sur le compte de Brown le lendemain de sa mort. S'ils regardaient les relevés de Marius Brown maintenant, trouveraient-ils que son afflux soudain d'argent avait également été effacé ?

Le sang de Petrosky bouillonnait, la rage chassant cette

douleur solitaire. La vengeance était une mauvaise chose ; il l'avait appris tôt dans sa carrière militaire. Elle vous rendait imprudent. Mais la justice... ça valait la peine de se battre, même si les deux étaient les deux faces d'une même pièce. Petrosky devait comprendre exactement à quoi il avait affaire — et à qui. Il ouvrit les yeux.

Le refuge. Il devait y retourner. Peut-être qu'il amènerait Linda. Elle semblait avoir une meilleure compréhension de cette affaire que n'importe lequel d'entre eux : des connexions au refuge, des connexions avec les personnes impliquées, et il savait qu'elle n'était pas complice des meurtres ; elle n'aurait pas rouvert l'affaire pour eux si elle avait eu quelque chose à voir avec ça.

— Tu veux manger un morceau ?

La voix de Patrick tira Petrosky de ses pensées et le ramena dans la voiture, le *chuuut* des pneus sur la route s'arrêtant alors que la voiture s'immobilisait devant le commissariat. — Pas maintenant. J'ai quelques courses à faire.

— T'es sûr ? On dirait que Mueller va choper l'ami de Heather du refuge, Gene Carr, pour l'interroger — il connaissait aussi Marius Brown. On peut prendre à emporter et regarder.

Petrosky pencha la tête. — Comment tu sais ça, toi ?

— J'ai tiré quelques ficelles. Patrick hocha la tête, mais ses lèvres étaient tournées vers le bas aux coins, ses yeux crispés.

Patrick pouvait tirer des ficelles pour assister à un interrogatoire, mais ils devaient entrer par effraction pour obtenir des dossiers ? De quel cul le vieux Paddy s'était-il léché avec ses grandes lèvres irlandaises ? *Peut-être qu'il a juste joué gentil au lieu de dire au chef d'aller se faire foutre.* De la politique.

— Je serai de retour dans quarante-cinq minutes, dit Petrosky. Mueller n'avait pas l'air pressé de quitter la scène, et les employés du refuge se déplacent entre les bâtiments avant le déjeuner — Heather utilisait ma voiture pour récupérer les dons des églises voisines. Gene Carr pourrait être plus difficile à trouver que Mueller ne le pense.

Mais ce n'était pas la raison pour laquelle il partait. Messinger était leur meilleure piste, et Petrosky ne voulait pas rester assis à attendre que Mueller revienne de la scène de crime.

Il en avait fini d'attendre.

CHAPITRE 15

La réceptionniste du bureau des services sociaux le regardait avec l'expression épuisée-ennuyée d'un péagiste en double service.

— Linda Davies est-elle disponible ? demanda Petrosky en levant un sac en plastique de plats à emporter.

Elle fronça les sourcils, puis saisit le combiné sur son bureau. — Linda ? Quelqu'un pour vous.

Pourquoi était-il ici, déjà ? Il n'avait pas de raison précise de penser que Linda en savait plus que ce qu'elle lui avait déjà dit, mais d'une certaine manière, venir ici lui avait *semblé* être l'option la plus raisonnable. Elle examinerait l'affaire avec lui, l'aiderait à y voir plus clair. De plus, elle comprenait cette douleur. Et elle avait appris à la surmonter.

Linda émergea du couloir du fond. Sa mâchoire tomba quand elle vit Petrosky.

— J'espère que tu aimes le chinois — poulet ou crevettes, à ton choix.

Linda jeta un coup d'œil à la réceptionniste qui les

observait maintenant avec un intérêt non dissimulé, puis lui fit signe de la suivre.

— J'espère que ça ne te dérange pas que je sois passé à l'improviste. Je me suis dit que l'heure du déjeuner était le meilleur moment pour te trouver sans client.

Elle acquiesça. — Tu as eu de la chance. La plupart du temps, je mange dans ma voiture entre les visites à domicile.

— Mais pas aujourd'hui ? *Pourquoi pas aujourd'hui ?* Elle haussa les épaules. Il semblait que ce mardi était fait d'événements étranges — comme découvrir le meurtrier de sa fiancée avec un trou frais dans la poitrine.

Il suivit Linda le long d'un court couloir beige et dans un minuscule bureau de la même couleur, la monotonie des murs brisée par des diplômes universitaires encadrés à gauche de son bureau et une grande peinture de tournesols sur le mur du fond à côté de la fenêtre. Le soleil aveuglant avait disparu pendant qu'il était au restaurant chinois ; il neigeait à nouveau.

Linda prit une pile de dossiers pour faire de la place aux contenants sur son bureau en pin abîmé. Elle posa un petit vase de fausses roses roses sur le sol à ses pieds. — As-tu parlé à Brown ?

— Il est mort, dit Petrosky en posant le dernier contenant en cire sur le bureau et en levant les yeux juste à temps pour voir les yeux de Linda s'écarquiller.

— Quoi ? Comment est-ce possible... oh mon Dieu.

— Qui était ton contact au refuge ? Aujourd'hui, tout le monde semblait en savoir beaucoup sur l'endroit où travaillait Brown. Il poussa des couverts en plastique dans sa direction, une offre de paix — ses mots étaient sortis plus durement qu'il ne l'avait voulu.

Elle déballa une fourchette, puis saisit le contenant à

emporter le plus proche d'elle. — C'est étrange. As-tu parlé à Sheila ?

Il baissa les yeux et ouvrit l'autre boîte. Un nuage de vapeur chargé de sel et de glutamate monosodique le frappa au visage. — Le détective a parlé à quelqu'un nommé Jerry, pas Sheila.

— Ah, ce type travaille généralement de nuit. Elle piqua un morceau de poulet à l'orange.

Mais Jerry et Sheila n'étaient pas les raisons pour lesquelles il était venu. Il tira les crevettes Sichuan vers lui, l'air épicé lui piquant les narines. — Écoute, Linda, peut-être qu'on s'y prend mal. On cherche des indices sur la scène de crime, dans le meurtre de Heather, mais... et cet homme qui lui a donné de l'argent pendant une décennie ? C'est lui la clé — il a même cambriolé ma maison pour s'assurer qu'elle n'y avait pas laissé de preuves... ou... eh bien, merde, je ne sais pas.

Linda se figea, sa fourchette suspendue au-dessus du riz. — Quelqu'un a cambriolé ta-

— Écoute-moi juste. Marius Brown tue Heather avec un autre homme dans le camion. Le compte de Heather est vidé le lendemain de sa mort... et cet argent va directement sur le compte de Brown.

Elle lâcha sa fourchette et la rattrapa. — Marius... ils l'ont payé pour... wow.

— Puis aujourd'hui, quelqu'un tue Marius.

— Je-

— Messinger est la clé de tout ça, Linda, celui qu'on doit trouver.

Elle expira fortement, frustrée. — J'ai essayé. J'ai posé des questions à la banque, cherché Messinger. Les flics pourraient faire mieux, mais j'ai posé les mêmes questions qu'ils auraient posées.

Il enfourna une bouchée de crevettes et de riz et

mâcha, puis avala. — J'ai besoin de savoir quel genre d'homme paie des adolescentes pour, tu sais... abuser d'elles. Ou peut-être qu'elle faisait du trafic de drogue ? Je ne sais pas ce qu'elle faisait, juste que ça devait être illégal pour le genre d'argent qu'elle gagnait. *Peut-être qu'elle était une tueuse à gages comme Brown*. Il faillit rire.

— Eh bien, payer des enfants pour faire du trafic de drogue n'est guère nouveau — on le voit beaucoup dans les centres-villes, les gangs. Quant au type d'homme qui pourrait payer des adolescentes pour du sexe, toute l'industrie de la mode est construite autour de la jeunesse. Rasez-vous le pubis, ayez l'air d'avoir douze ans, soyez sexy ; c'est devenu courant. Elle piqua une autre bouchée de poulet mais la regarda en fronçant les sourcils au lieu de la mettre dans sa bouche.

Il se pencha en arrière du bureau et posa sa main tenant la fourchette sur son genou. — Ce type est différent — plus qu'un simple connard pervers d'âge moyen. Et Messinger devait être plus âgé s'il avait de l'argent il y a dix ans quand Heather a commencé à payer pour la maison de son père.

Linda posa sa fourchette. — Tu cherches un profil.

—Je suppose que oui.

— Tu as des psychologues au département pour ça.

— J'aimerais l'entendre de toi. Parce que... il lui faisait confiance — elle avait *voulu* aider.

Elle s'adossa à sa chaise, et les pieds en bois grincèrent. Linda fronça les sourcils. — On n'a tout simplement pas grand-chose sur quoi se baser. Qu'il l'ait utilisée pour du sexe, ou payée pour vendre de la drogue, ou même pour la louer... il y a une énorme différence dans les profils. *La louer*. Petrosky avala difficilement pour éviter de vomir.

Linda parlait toujours. — Ce que nous savons, c'est qu'il est prudent — il a pris son temps. Il a peut-être versé de l'argent sur son compte pendant des mois avant de lui demander quoi que ce soit de douteux, la conditionnant, la manipulant... gagnant sa confiance. Ce qu'elle lui a accordé. Elle n'a jamais dit à personne qu'il existait même.

Ces mots lui restèrent coincés dans les côtes. — Mais la tuer... pourquoi maintenant, s'ils étaient liés depuis une décennie ? Et pourquoi la tuer en public ? Mais Heather n'était pas idiote ; si elle avait soupçonné qu'elle était en danger, comme Linda semblait le penser, elle n'aurait pas rencontré ce type dans un endroit privé. Bien que si elle l'avait rencontré dans cette rue... il aurait pu la porter plus loin derrière l'école.

— C'est justement ça — nous n'avons aucun moyen de savoir pourquoi elle est morte, Ed, pas avec certitude. Marius Brown a peut-être été payé pour le faire, mais-

— Brown était un tueur à gages. Un *tueur à gages*. Messinger l'a attirée là-bas et a laissé Brown la tuer — il n'a pas juste donné cet argent à Brown le lendemain pour rien. Qu'a-t-elle fait pour mériter ça ? Sa voix montait, et il serrait la fourchette si fort que le plastique s'enfonçait dans la chair de sa paume.

Linda se pencha à nouveau en avant. — On ne sait tout simplement pas. Sa voix était presque un murmure. Mais il y avait une lueur nerveuse dans ses yeux, et quand elle baissa le regard, il fut certain qu'elle retenait quelque chose.

— On ne sait peut-être pas avec certitude, dit-il. Mais devine. S'il te plaît.

Elle prit une profonde inspiration et l'expira lentement, gardant son regard fixé sur le bureau. — Si j'avais passé une décennie à donner de l'argent à une femme pour quelque chose d'illégal, je m'inquiéterais qu'elle en parle à son nouveau mari policier.

Des aiguilles lui perforaient l'arrière du crâne. Linda

avait raison — rien n'avait changé pour Heather dans la décennie précédant sa mort, rien qui puisse inquiéter son « employeur ». Rien sauf Petrosky. Peut-être que ce Messinger avait appris qu'elle allait se marier avec lui et avait pensé qu'elle pourrait révéler ses secrets. Peut-être même qu'elle avait essayé de s'en sortir elle-même.

Mais rompre est difficile.

— Ça pourrait même être de la jalousie à l'ancienne, poursuivit Linda en lui faisant face à nouveau. Si Messinger l'a gardée pour lui seul toutes ces années, a passé tout ce temps à la conditionner, à la payer... je ne pense pas qu'il voudrait la partager avec un mari.

Elle embrocha un brocoli comme si elle souhaitait que ce soit les testicules de leur suspect.

— D'accord, donc peut-être qu'il est jaloux, qu'il s'est inquiété qu'elle parle. Dans tous les cas... comment je l'attrape maintenant ? Qu'est-ce qui le ferait sortir de sa cachette ?

Mais le gars ne se cachait pas — ils ne savaient tout simplement pas qui ils cherchaient.

Elle enfourna une bouchée, puis tapota sa fourchette en plastique contre le bureau pendant quelques instants. — Si tu avais un suspect, tu pourrais le pousser, l'agacer, voir s'il commettait une erreur. Ça ne prendrait pas grand-chose — il est déjà assez paniqué pour s'introduire chez toi.

Si tu avais un suspect. L'horloge murale *tic-taquait* comme la glace sur le parking la nuit où il avait tendu une embuscade à Linda devant son bureau. Trente secondes passèrent. Quarante. Il s'éclaircit la gorge pour briser le silence. — Donc, ma seule option est de le stresser une fois que j'aurai découvert qui il est ?

Super utile. C'était la dernière fois qu'il essayait cette merde psychologique.

—Je ne préconiserais pas d'antagoniser des suspects de meurtre, mais s'il voulait te tuer, il aurait déjà essayé.

—Je pense qu'il a déjà essayé de me tuer.

Petrosky posa sa fourchette dans le récipient de riz et regarda au-delà de Linda par la fenêtre couverte de neige, puis le tableau adjacent de tournesols orange et or, si foutrement joyeux comme s'ils savaient que la neige ne durerait pas. Mais elle pourrait durer. — Mon coéquipier a été abattu la nuit où Heather est morte — le camion tournait simplement au ralenti sur la route comme s'il nous attendait, Marius Brown se tenait là couvert du sang d'Heather, et le gars sur le siège passager pointait une arme par la fenêtre arrière...

— Marius restait juste planté là ? Elle fronça les sourcils.

— Il avait l'air complètement défoncé, ouais, mais il a sûrement commencé à bouger une fois que son partenaire a tiré sur Patrick. Il aurait pu faire semblant, essayer de nous distraire.

Et ça avait marché.

— Et s'il ne l'était pas ?

— N'était pas quoi ?

— Défoncé. Ou en train de faire semblant. Choisis.

— Il était couvert de son sang. Couvert. Beaucoup trop pour que ça ait giclé de quelqu'un d'autre la frappant, peu importe à quel point il se tenait près. Il a dû être à terre, en train de la tabasser lui-même. Et ils l'ont *payé*, Linda. Pourquoi auraient-ils fait ça s'il ne l'avait pas tuée ?

Une image de Brown apparut derrière les paupières de Petrosky, la matière cérébrale d'Heather sur les mains de Brown, son sang sur son pantalon kaki, presque noir au clair de lune, la masse gélatineuse glissant des doigts de Brown, le *plop* humide des viscères heurtant la rue.

Linda secoua la tête. — C'est *bizarre* qu'ils étaient

encore là quand vous êtes arrivés. Et avec l'effraction... Elle se pencha vers lui, son regard dur. — Peut-être que quelqu'un voulait te tuer cette nuit-là, mais maintenant il veut juste s'assurer qu'il ne reste personne pour te dire quoi que ce soit. Si tu savais qui il était, il serait déjà menotté. Et c'est plus risqué de tuer un flic que de tuer quelqu'un dont personne ne se soucie.

La lourdeur dans son estomac remonta dans sa poitrine, écrasant son sternum, les quelques bouchées de chinois s'aigrissant dans son ventre. — Je me soucie d'elle. Je tenais à elle.

Linda laissa tomber sa fourchette dans le poulet à l'orange et fit le tour du bureau pour s'asseoir à côté de lui. Elle posa une main sur son bras. — Je ne voulais pas...

— Non... tu as raison. Sa voix se brisa, juste un tout petit peu, mais suffisamment pour qu'il ait envie de se frapper la gorge. — C'est de la connerie, la façon dont ça marche, la façon dont personne ne se soucie à moins que tu aies... à moins que tu vailles plus.

— Je sais, et des gens comme nous sont coincés dans les tranchées — à voir les personnes que le reste du monde oublie. Mais c'est bon, Ed. Son nom ne sonnait pas si mal sur sa langue, et soudain son chagrin pour Heather sembla se multiplier en lui ; il pouvait la sentir dans cette pièce avec eux, et ses mains se crispèrent avec le désir de la tenir, d'écouter sa douce respiration, de brosser ses boucles de son visage une dernière fois. Des larmes lui piquèrent les yeux, et il s'essuya les joues, détournant le visage. Linda pressa son bras, une pression douce et légère près de l'arrière de son poignet.

— Je comprends, Ed. J'ai perdu quelqu'un aussi. Ça ne disparaît jamais, mais ça devient plus facile, je te le promets.

Pendant un instant, il put sentir le parfum fleuri d'Heather, le gardénia qu'elle utilisait dans ses cheveux, sentir sa chaleur aussi, mais cela passa lorsque Linda le relâcha. — C'est dur ici dans les tranchées, murmura-t-elle.

Il avait été face contre terre, littéralement ou figurativement, toute sa vie. Et il en avait assez. Il avait besoin de faire quelque chose de... bien. Il devait y avoir quelque chose de mieux.

CHAPITRE 16

Gene Carr était un petit crétin pleurnicheur avec un visage de gnome et des yeux bruns assortis aux cheveux de ses tempes — un homme plutôt âgé, la cinquantaine au moins. Il avait aussi un air vaguement familier, bien que Petrosky n'arrivait pas à le situer. Probablement du refuge.

Mueller se tenait de son côté de la table métallique, les doigts écartés sur la surface comme s'ils attendaient que Gene Carr fasse quelque chose de stupide pour que Mueller puisse enrouler ses gros doigts autour de la gorge du suspect.

— Jusqu'à quel point connaissiez-vous Heather Ainsley ? aboya Mueller.

La lèvre de Gene trembla et il secoua la tête.

— Juste du travail, monsieur.

— On dirait que vous vouliez la connaître un peu mieux qu'elle ne vous le permettait, n'est-ce pas ?

— Je... je... Carr secoua à nouveau la tête. Non.

— Vraiment ? Parce que j'ai une déclaration de son père qui dit le contraire.

— De Donald ? Ses yeux s'élargirent et ses articulations blanchirent sur la table. Donald a dit ça ? S'il vous plaît, je... j'ai juste appelé pour m'assurer qu'elle venait travailler, et puis un soir, on devait juste aller danser, je le jure !

Petrosky faillit sourire, se rappelant la première fois qu'il avait rendu visite à Heather chez Donald. Le vieil homme était assis dans son fauteuil roulant près de la porte d'entrée, polissant son vieux fusil de l'armée, racontant une histoire touchante sur le bon vieux temps où il avait abattu trois douzaines d'hommes en une heure à lui tout seul. Mais ses mains tremblaient trop pour que Petrosky le prenne au sérieux. Il semblait que Gene avait rencontré Donald avant que la maladie n'ait privé le vieil homme de sa coordination.

— Vous et Heather êtes allés danser ?

— On était censés. C'était il y a... huit, neuf mois. Peut-être avril ? Mais elle ne s'est jamais montrée. Je lui ai demandé quelques fois après ça, mais elle disait toujours qu'elle était occupée.

Avril. C'était quand Petrosky l'avait ramassée dans la rue. Était-elle en route pour rencontrer cet imbécile ? Mais si c'était le cas, pourquoi ne lui aurait-elle pas dit qu'elle allait danser au lieu de le laisser l'interpeller pour suspicion de prostitution ? Il lui avait même demandé si elle travaillait au salon de massage au bout de la rue, et elle l'avait juste fixé du regard. *Elle devait rencontrer Gene une autre nuit.*

— On dirait que vous étiez très intéressé par son emploi du temps, poursuivit Mueller. Continuer à appeler une fille qui n'était pas intéressée... ça vous semble normal comme comportement ?

— Je ne l'ai pas fait depuis des mois ! dit-il, et quand Mueller inclina la tête : Je veux dire, l'appeler. Elle continuait à me rejeter, alors j'ai arrêté.

SALUT

— Parce que ça vous mettait en colère, Gene ?

Il secoua la tête.

— Je n'étais pas en colère. Regardez-moi. Il fit un geste vers son ventre bedonnant. Qu'est-ce qu'une belle fille comme elle voudrait d'un gars comme moi ? Il haussa les épaules, mais son visage était douloureux, ses yeux si sincères que Petrosky... le croyait presque.

— Vous connaissez un certain Otis Messinger ? dit Mueller.

Le nom sur le compte bancaire de Heather, la personne qui avait vidé ses fonds après sa mort. Petrosky avait été mal à l'aise après le déjeuner quand il avait informé Mueller sur Messinger — il ne voulait pas montrer tout son jeu trop tôt — mais l'idée que son meurtre puisse être en partie de sa faute... Il devait faire tout ce qu'il pouvait pour aider à résoudre l'affaire.

— Non. Gene détendit ses mains, et la couleur revint dans ses articulations.

— Marius Brown, un type que j'entends dire que vous connaissez assez bien du refuge, est tombé sur un tas d'argent après la mort de Heather. On dirait presque que quelqu'un l'a payé pour la tuer. Mueller se pencha jusqu'à ce qu'il soit pratiquement nez à nez avec l'autre homme, et le visage de Gene devint blême. Que vais-je trouver si je vérifie vos comptes ? Bien qu'ils connaissaient déjà la réponse à cela : les dossiers financiers de Gene étaient lamentables. L'homme avait déclaré faillite il y a deux ans après son divorce, et ses comptes bancaires montraient une bataille constante pour payer ses factures. Et travailler au refuge ne payait pas grand-chose. Gene devait faire quelque chose d'autre pour joindre les deux bouts, mais ça n'avait probablement rien à voir avec Heather.

— Où étiez-vous le jeudi de la semaine avant Thanksgiving ?

Le jour où Heather a été tuée.

—Je... je n'en ai aucune idée. Chez moi ?

— Seul ?

Gene hocha la tête.

—Je le suis généralement. Depuis le divorce, eh bien...

Mueller renifla.

— Pas vraiment un alibi.

— Je ne savais pas que j'en avais besoin, monsieur. Maintenant, Gene changea de position, et quelque chose passa sur son visage, serrant ses lèvres. Il baissa ses mains sous la table. Suis-je en état d'arrestation ?

— Non, vous ne l'êtes pas. Mueller se pencha plus près. Pas encore, en tout cas.

Gene se leva.

— Alors, je rentre chez moi. Ses yeux brillaient de défi comme ceux d'un raton laveur acculé qui avait perdu l'envie de supporter les conneries de quiconque. Il se dirigea autour de la table, restant aussi près du mur — et aussi loin de Mueller — que possible.

Petrosky quitta la zone d'observation et se dirigea vers le hall. Gene connaissait ses droits mieux que la plupart des personnes innocentes. Peut-être savait-il qu'il pourrait être appelé pour un interrogatoire. Peut-être savait-il qu'il devrait être en état d'arrestation. Mais sans aucune preuve liant Gene à la mort de Heather, ou à l'argent de Heather, ou suggérant une relation avec Marius Brown, ils ne pouvaient pas le garder là. Tout ce qu'ils savaient, c'est qu'il était un ami de Heather, un ami qui l'appelait autrefois sans cesse, mais ce n'était pas illégal. Ils ne pouvaient même pas le relier à l'appel fait à Brown ce matin ; selon le personnel du refuge, Gene n'avait fait aucun appel ni quitté le travail non plus. Mais quand même... quelque chose n'allait pas avec ce type.

La porte de la salle d'interrogatoire grinça en s'ouvrant,

et Gene sortit, passant une main dans ses cheveux. Il vit Petrosky et se figea.

Petrosky sourit, espérant que cela semblait prédateur.

L'homme resta immobile, serrant et desserrant les poings sur ses hanches, puis partit vers la sortie, presque en courant.

Petrosky combattit l'envie de courir après l'homme et de le tabasser jusqu'à ce qu'il crache tout ce qu'il savait. *Non, pas maintenant. Reprends-toi.* Mais merde, il pouvait presque le goûter, pouvait presque sentir le fer du sang de l'homme, pouvait presque sentir la mâchoire de Gene se briser sous ses phalanges, entendre l'impact comme du bois qui craque. Sauf que Gene n'était pas celui qu'il devait blesser. Si Petrosky trouvait l'homme responsable de la mort de Heather... que Dieu les aide tous les deux.

CHAPITRE 17

u'est-ce que tu fais, Petrosky ?

Il s'agita sur le siège de sa Grand Am et fixa le refuge pour sans-abri, le bâtiment en béton sombre sous le ciel anthracite, la lumière du réverbère luisante sur la peau de neige grise et sale sur le toit. Il aurait dû rentrer chez lui pour se reposer après le départ de Gene Carr du poste, mais l'adrénaline chantait dans son sang, si électrique que l'idée de dormir lui donnait envie de sortir de sa peau. Il aurait pu aller à la banque pour chercher de nouvelles pistes sur Messinger, mais il aurait alors dû s'expliquer une fois que Mueller l'aurait découvert. Qu'il le veuille ou non, pour les patrons, ce n'était pas son affaire — il devait jouer la carte de la tranquillité, ou du moins de la discrétion.

Alors à la place, il avait pointé sa sortie et conduit jusqu'à la maison de Gene, fait le tour du pâté de maisons, cherchant quelque chose d'inhabituel — *un pickup, peut-être ?* — inventant des excuses dans sa tête au cas où on l'attraperait. Voler l'adresse de Gene dans le dossier de

Mueller serait sûrement mal vu. Petrosky ne croyait pas que Gene ait quoi que ce soit à voir avec la mort d'Heather, mais l'homme avait été bien trop nerveux pour être complètement dans l'ignorance — savait-il quelque chose ? Quelqu'un au refuge devait savoir. C'était pourquoi Petrosky avait suivi Gene jusqu'au refuge pour son service de nuit, et c'était pourquoi il était encore assis là trois heures plus tard.

Mueller devrait être ici lui-même, à surveiller cet endroit. Marius Brown y avait séjourné. Heather y avait fait du bénévolat. Et quelqu'un avait appelé Heather depuis la cabine téléphonique devant ce bâtiment le jour de sa mort. Clairement, le refuge était un lien commun, et Petrosky allait découvrir précisément ce que signifiait cette connexion. Otis Messinger avait-il un lien avec le refuge ? Messinger n'en était pas propriétaire — le refuge était un organisme à but non lucratif financé par le gouvernement et géré par une agence locale de santé mentale — mais il y avait beaucoup de clients, beaucoup de bénévoles... et beaucoup de façons pour un homme de se faufiler sans être remarqué. La façade grise du refuge brillait comme un phare.

Ne sois pas un salaud sournois, tu vas perdre ton insigne. Les mots de Patrick résonnaient dans sa tête. Pour un gars qui avait été si enthousiaste à l'idée de s'introduire dans la salle des archives, il avait sûrement changé d'avis une fois qu'ils avaient effectivement attiré l'attention de Mueller. Mais Petrosky n'était pas dans le collimateur de Mueller maintenant, pas ici, dissimulé dans l'obscurité totale à l'arrière de ce parking, bien au-delà de la portée du seul réverbère.

Il plissa les yeux dans son rétroviseur vers la cabine téléphonique de l'autre côté de la rue et prit une bouchée de son cheeseburger — ramolli maintenant. Il n'avait jamais été fan de fast-food, mais bon sang si ça ne s'avérait pas pratique pour passer la nuit dans un parking.

Une fois la nourriture terminée, le cendrier se remplit lentement. Son estomac s'aigrit avec la graisse et le sucre. Trois heures passèrent. Puis quatre. Il s'adossa contre l'appuie-tête, sirotant du café froid d'un thermos qu'il avait apporté de chez lui.

À quatre heures trente, une autre voiture apparut sur la route — non, pas une voiture. Plus gros. Il se tassa sur son siège quand les phares illuminèrent l'intérieur de sa voiture... non, ils ne passaient pas. Ils tournaient dans le parking.

Il se baissa davantage, scrutant à travers le rétroviseur alors que le véhicule passait devant sa voiture — une camionnette, blanche, sans fenêtres. Un autocollant portant l'inscription "FOOD GIFTS" était apposé sur le côté.

FOOD GIFTS. Était-ce l'une des organisations fournissant de la nourriture aux refuges ? La camionnette se gara devant le bâtiment. Le conducteur descendit.

FOOD GIFTS. Quelque chose le chatouilla entre les omoplates, et il se redressa brusquement, manquant de se cogner la tête contre le volant. L'autocollant, à moitié arraché sur le côté du pickup — *OD...FTS...*

Son cœur battait la chamade dans ses tempes. Petrosky avait joué avec les lettres de cet autocollant pendant des jours après la mort d'Heather, désespéré de savoir ce que cela signifiait. Et bien qu'il ait passé en revue les noms des entreprises locales, il n'avait pas pensé aux organisations caritatives, n'avait pas pensé aux œuvres de bienfaisance. Il aurait dû. Il aurait dû faire beaucoup de choses.

Mais il pouvait en faire certaines maintenant.

Il vérifia l'heure — Gene ne devait pas finir avant deux heures. Petrosky observa, sirotant son café froid, le cœur battant, tandis que le conducteur de la camionnette déchargeait des caisses. Quand l'homme remonta derrière le volant, Petrosky écrasa le reste de sa cigarette dans le cendrier. La camionnette s'engagea sur la route principale. Petrosky démarra sa voiture.

CHAPITRE 18

Le siège de Food Gifts se trouvait à seize kilomètres d'Ash Park, dans une rue criblée de nids-de-poule si profonds qu'ils pouvaient briser vos essieux. Petrosky suivait prudemment, laissant une grande distance avec la camionnette, et dépassa l'entrée lorsque celle-ci tourna dans le parking d'un entrepôt.

Il fit demi-tour quelques centaines de mètres après le bâtiment, puis revint dans le parking et s'arrêta à côté d'une Mustang rouge cerise. Jolie. Peut-être trop jolie pour des employés d'une banque alimentaire, mais qu'en savait-il ? Il n'était qu'un flic, mais il serait damné s'il appelait Mueller. Qui sait ce qu'il manquerait pendant que Mueller perdrait son temps à essayer de venir ? Et Petrosky n'avait pas besoin que le chef soit sur son dos non plus.

Le vent mordant le frappa lorsqu'il sortit, râpant contre son visage mal rasé — avec ses cheveux en bataille et le pantalon de survêtement qu'il avait porté pour rester assis dans la voiture toute la nuit, il ressemblait probablement à quelqu'un à la recherche de nourriture. Tant mieux. Il s'arrêta sur le trottoir devant le bâtiment alors qu'un homme en salopette en jean et un coupe-vent beaucoup trop léger pour le vent glacial entrait par la porte latérale. Petrosky le suivit, la tête basse.

L'intérieur de Food Gifts était une énorme pièce, comme le refuge, mais ici on stockait des provisions au lieu de personnes. Des étagères allant du sol au plafond bordaient chacun des quatre murs, et un transpalette était posé près du centre. Il y avait aussi une table au fond, et quatre employés qu'il pouvait voir, tous en sweat-shirt, jean et bonnet en laine.

—Je peux vous aider ?

Petrosky se retourna pour voir une femme petite et mince qui s'avançait vers lui — dix-huit ans tout au plus, avec un anneau au sourcil et un gros chouchou jaune au poignet. Elle avait les cheveux foncés et les yeux clairs comme Heather. — Je suis de la police d'Ash Park. J'ai juste quelques questions sur votre organisation. Comment vous appelez-vous ?

Elle s'arrêta à quelques pas. — Shandi Lombardi.

— Lombardi ? Italien ? Il essaya de sourire — s'il la mettait à l'aise, elle serait plus susceptible de lui parler.

— Quelque chose comme ça. Elle tapota du pied, chaussé d'une minuscule basket verte qui semblait appartenir à une poupée.

Assez de conneries, bon sang. Mueller n'avait certainement pas été poli pendant son interrogatoire de Gene Carr, et le détective était formé pour ça. Petrosky s'éclaircit la gorge. — Connaissiez-vous Marius Brown ?

Les yeux de la fille s'écarquillèrent, puis se plissèrent, et sa joue tressaillit. Ses poils se hérissèrent.

— Devrais-je savoir qui c'est ?

Elle ment. Il n'était pas sûr de comment il le savait, mais il en était certain — il le sentait au plus profond de ses tripes comme des éclats d'obus. — Marius Brown était un visiteur fréquent du refuge de Breveport, donc certains des travailleurs pensaient que votre organisation aurait pu avoir des contacts avec lui. Nous avons également des raisons de croire qu'un camion conduit par Marius était affilié à Food Gifts.

— Vous voulez dire une camionnette ?

— Non. Un pickup bleu. Avec un de vos autocollants sur le côté.

Elle plissa les yeux. — Nous n'avons pas de camions ici, juste des camionnettes. Mais toute personne qui fait un don de plus de vingt-cinq dollars reçoit un autocollant. Elle pencha la tête. — Pourquoi cherchez-vous ce type de toute façon ?

— Il est mort.

Son pied tapota frénétiquement sur le sol en béton, mais son visage ne changea pas. Nerveuse peut-être, mais pas bouleversée par Brown. Elle rappelait à Petrosky un soldat de son peloton — ils s'étaient réveillés pour le trouver en train de torturer un chameau, frottant du sel dans ses yeux, les pauvres pattes de l'animal sectionnées au niveau du genou. Oh, comme il avait crié. Petrosky lui avait tiré une balle dans la tête. C'était un des seuls meurtres qui ne l'avait pas empêché de dormir la nuit.

— Vous pouvez demander aux autres, mais je ne suis pas sûre que quelqu'un d'autre puisse vous en dire plus, officier Petrosky.

Il se figea. — Je ne me souviens pas vous avoir dit mon nom.

— J'ai dû deviner. Mais elle baissa les yeux vers le sol comme si elle avait honte, et maintenant il pouvait voir le tremblement de ses mains, la veine palpitant à sa gorge. Elle mentait, mais elle était terrifiée. Et le fait qu'elle connaisse son nom lui en disait plus que tout ce qu'elle avait dit — elle savait qui il était... qui était Heather. Connaissait-elle le meurtrier d'Heather, ou Otis Messinger, ou la personne qui était entrée par effraction chez lui ? Avait-elle aussi besoin de son aide ? *Que sais-tu ?*

— Écoute, tu sembles être une gentille gamine.

Elle releva le menton, et un coin de sa bouche se tordit vers le haut — *comme Heather, comme Heather* — mais ses yeux défiant restèrent les mêmes : des piscines bleues, assez profondes pour le noyer.

— Si quelqu'un te fait du mal, te met mal à l'aise... je peux t'aider.

— Je vais bien. Mais la détermination sombre dans son regard avait disparu, remplacée par une panique à peine voilée.

— Je suis sûr que tu vas bien. Mais vois-tu, je parlais à Gene ce matin, et...

— Qu'est-ce qu'il a à voir là-dedans ? lança-t-elle.

J'avais raison. — Je ne suis pas encore sûr, mais Gene semblait assez nerveux, tout comme toi, et j'aimerais savoir pourquoi.

Les muscles de sa mâchoire se raidirent. — Je n'ai aucune idée de ce dont vous parlez. Son regard s'était adouci, anxieux et confus, pas comme le tueur de chameau — les yeux de ce type étaient aussi morts que la pierre.

— Connaissais-tu Heather Ainsley ?

Elle serra les lèvres si fort qu'elles formèrent une fine ligne blanche. Deux taches écarlates apparurent sur ses pommettes. On attrape plus de mouches avec du miel ? Conneries. On attrapait plus de mouches en leur donnant de la merde, même si on la tirait directement de son propre cul.

Il se pencha plus près. — Elle est morte aussi, Shandi.

Tout comme Marius Brown. Et si tu penses que tu es plus en sécurité qu'elle ne l'était, soit tu es une idiote, soit une menteuse. Ou les deux.

Sa mâchoire tomba, les yeux écarquillés. — Va te faire foutre, siffla-t-elle.

Shandi en savait plus qu'elle ne disait. Gene aussi. Quelle emprise ce salaud avait-il sur eux ? — Je pense que toi et Marius travaillez pour le même homme, l'homme pour qui travaillait Heather Ainsley. J'ai besoin de savoir qui il est. Il l'observa attentivement, mais ses lèvres étaient à nouveau serrées, sa poitrine montant et descendant frénétiquement — elle hyperventilait. Elle s'évanouirait si elle n'était pas prudente.

Qui te tient sous sa coupe, petite ?

Shandi baissa les yeux, les poings serrés. Quand elle releva la tête, sa respiration s'était apaisée.

— Tu fais fausse route.

Mais la voix n'était pas la sienne, c'était le bourdonnement d'un robot — quelque chose qu'elle avait répété ? Elle fit un geste englobant la banque alimentaire autour d'elle.

— Je travaille ici, pas pour une personne mystérieuse. Et est-ce qu'on a l'air dangereux ? Comme des gens qui feraient du mal à Marius ou à Heather ?

Elle laissa retomber ses mains et secoua la tête.

— Bien sûr que non. Notre travail, c'est de soulager la souffrance.

Notre travail, c'est de soulager la souffrance. Son estomac se noua. *Mon travail, c'est de soulager la souffrance.* Oh merde. Ces mots... il savait où il les avait entendus.

— Si tu te souviens de quoi que ce soit à propos de Marius... peut-être que tu pourrais appeler le commissariat, dit-il lentement.

Elle hocha la tête.

— Bien sûr.

Mais elle mentait aussi à ce sujet ; cette fille en savait plus qu'elle ne lui dirait jamais, mais il n'avait pas besoin d'elle. Il savait déjà qui était leur tueur. Il avait juste besoin de preuves, et maintenant il savait où il pourrait les obtenir.

CHAPITRE 19

Les lampadaires défilaient de part et d'autre de la voiture, les lumières se fondant en une seule ligne blanche. Le virage menant au commissariat apparut, approcha — et passa. Il appellerait Mueller dans quelques heures, mais il ne changeait pas de cap maintenant pour que quelqu'un d'autre puisse intervenir et tout gâcher. Avec un peu de chance, plus tard, il aurait quelque chose de plus solide qu'une intuition.

Pourquoi qui que ce soit ferait-il les choses selon les règles ? C'était peu pratique, voilà tout. Mais il devait quand même être prudent ; s'il gérait mal cette affaire, le meurtrier de Heather s'en sortirait.

Petrosky se gara un peu plus loin de St. Ignatius, et tandis qu'il marchait, l'église émergea comme un mirage dans la mer de blanc, les vitraux brillant de la lumière vacillante des bougies de l'autre côté du verre. Le ciel à l'est était encore noir, bien qu'une ligne violette — *pas violette, indigo*, murmura la voix de Heather — fût visible à l'horizon. Le matin arriverait bientôt. Et même à cette heure-ci, le Père Norman serait quelque part dans le bâtiment, attendant qu'un de ses paroissiens vienne le chercher, pour qu'il puisse offrir des paroles de sagesse et la douce pression d'une main sacerdotale censée transmettre le réconfort de Dieu.

Mais le Père Norman n'était pas un dieu.

Le Père Norman était un homme avec un lien vers le refuge pour sans-abri et son approvisionnement inépuisable en personnes vulnérables. Le Père Norman acceptait des poignées d'argent d'hommes comme Donald malgré le fait qu'ils avaient à peine de quoi joindre les deux bouts. C'était un homme dont le travail consistait à soulager la souffrance, selon ses propres mots, pourtant ses fidèles les plus dévoués semblaient souffrir plus que la plupart. Heather certainement. Et quelle meilleure personne pour une jeune fille désespérée de quinze ans à qui s'accrocher que le gentil prêtre ? Heather n'aurait pas pu lui cacher ses fiançailles non plus — c'était peut-être pour cela qu'elle n'avait pas voulu que son père sache qu'elle sortait avec Petrosky. Elle s'était inquiétée que Donald, avec ses confessions bi-hebdomadaires, ne le laisse échapper.

C'était peut-être une idée folle. Il était prêt à ce qu'on lui prouve qu'il avait tort. Bon sang, il *voulait* avoir tort — il ne voulait pas que ce soit sa faute. Mais qui d'autre Heather connaissait-elle, avec qui d'autre interagissait-elle vraiment ? Ses compagnons bénévoles disaient qu'elle parlait rarement à quelqu'un d'autre que Gene. Pourtant, personne n'aurait pensé à deux fois qu'elle communie avec le prêtre.

Comme si son mystérieux bienfaiteur allait simplement apparaître au grand jour. Mais...

Mon travail est de soulager la souffrance.

Il se faufila jusqu'au trottoir, mais au lieu de monter les marches de pierre, il suivit le chemin sur le côté de l'église. Trois bains d'oiseaux en pierre bordaient le côté droit du chemin qui menait au parking arrière ; à sa gauche, une rangée d'arbustes à feuilles persistantes était recouverte de neige et de glace. Pas de lumières ici. Juste des ombres épaisses, suffocantes.

Au coin arrière de l'église, il quitta le chemin ombragé et entra dans le parking, scrutant la rangée de voitures, de camions et de fourgonnettes que le prêtre prêtait à ceux qui distribuaient des biens, ou pour les sorties scolaires du dimanche, ou pour le paroissien occasionnel qui avait juste besoin d'aide pour aller au travail. Sombre là-bas aussi, mais pas au point qu'il ne puisse distinguer les couleurs des véhicules. Rien de bleu foncé ou de noir — le seul camion ici était blanc, pratiquement lumineux dans la lueur brumeuse de la lune qui se reflétait sur la neige.

Mais ce n'était pas ce qui attirait son attention. Il jeta un coup d'œil au monstre de bâtiment derrière lui, s'attendant à moitié à voir une silhouette émerger des ombres, l'arme levée, mais le parking restait immobile. Silencieux. Il se retourna vers le camion. Vingt pieds de distance. Quinze.

Au-dessus de la roue arrière du camion se trouvait un autocollant blanc, brillant au clair de lune, des lettres noires saillantes pratiquement en relief sur la surface de l'autocollant : DONS ALIMENTAIRES. Plus loin dans la rangée, une camionnette portait le même autocollant. Le tueur avait peut-être essayé de l'arracher de son véhicule, mais la camionnette venait probablement de ce parking. Et le Père Norman aurait pu marcher jusqu'au magasin d'électroménager d'ici hier matin — il n'avait qu'à s'y rendre tranquillement, attendre que Brown sorte, et lui tirer dans la poitrine. L'homme avait de l'expérience dans ce domaine ; un soldat devenu prêtre. C'était l'une des raisons pour lesquelles Donald lui faisait tant confiance — son service. Sa capacité à manier une arme mortelle.

Merde. *J'aurais dû y penser avant.*

Petrosky se hâta de traverser le parking et se faufila dans les ombres le long du côté de l'église, la mâchoire si serrée qu'il pouvait entendre ses dents grincer. Ses ongles s'enfonçaient dans ses paumes. Il grimpa les marches de pierre.

Reste calme. Patience.

Petrosky prit une profonde inspiration et ouvrit brusquement la lourde porte en chêne, et à l'intérieur...

Silence. Il se dirigea vers les confessionnaux, appelant le prêtre par son nom, mais le Père Norman n'était pas dans l'intérieur sombre des cabines — pas qu'il s'y attendait dans les heures précédant l'aube. Petrosky referma la porte du confessionnal et remonta l'allée, ses pas résonnant autour de lui comme la voix de Dieu l'exhortant à rentrer chez lui. À laisser tomber. À oublier, à ignorer, à tout enfouir quelque part où ça ne ferait pas mal, mais malgré la douleur, malgré son épuisement, il se sentait plus vivant qu'il ne l'avait été depuis des mois.

Que veux-tu être, mon garçon ?

Je veux tuer quelqu'un, monsieur. Est-ce que ça arrêterait la douleur ? Peut-être. Il n'était pas encore sûr d'avoir le bon homme — mais il le serait.

Le son de sa respiration était vif, les couleurs plus vives qu'il ne s'en souvenait. Autour de lui, ses pas continuaient comme s'ils appartenaient à un autre, et son cœur... Petrosky laissa le feu dans son âme flamber vers l'extérieur jusqu'à ce que sa poitrine brûle, les bords de sa vision s'assombrissent, le goût métallique acide dans sa gorge.

En haut et autour de la chaire. Le long de l'allée vers le couloir arrière à nouveau. La sueur coulait entre ses omoplates. Les portes des bureaux étaient fermées — verrouillées. Mais Norman devait être quelque part.

Peut-être dormait-il, bien que Petrosky ne fût pas sûr de l'emplacement des quartiers du prêtre.

Alors il ferait venir Norman à lui.

Il retourna dans l'église principale et traversa l'allée jusqu'au deuxième rang de bancs, observant l'immense Christ souffrant au-dessus de lui. Une douleur sans fin. Approprié. S'il avait raison à ce sujet, il infligerait une douleur sans fin au Père Norman, ce misérable enfoiré. Il inspira profondément, et pendant une seconde, il jura sentir le sable poussiéreux dans ses narines.

Petrosky se glissa dans le banc, s'agenouilla et ferma les yeux. Il avait à peine pris une inspiration quand l'image du visage ensanglanté de Heather s'étala dans son cerveau et lui donna envie d'ouvrir à nouveau les paupières, de fixer les vitraux, les statues, les bougies, n'importe quoi pour le distraire de cette vision macabre. Mais il fallait que Norman croie qu'il priait, et il ne pensait pas que les gens priaient les yeux ouverts. Il serra ses paupières. Le parfum de Heather s'accrochait à ses sinus. Et il y avait son visage la nuit où elle était morte, les cheveux qu'il avait autrefois écartés de sa tempe, puis son sang, couvrant ses mains, la neige teintée de rose... du sable dans son nez, son ami réduit en miettes, l'éblouissement du désert... Les doigts de Petrosky picotaient, et il pouvait sentir l'humidité, le désordre glissant sur ses paumes.

— Ed ?

Ses yeux s'ouvrirent brusquement, et il se leva d'un bond, étourdi par le sang qui lui montait à la tête.

— Non, non, Ed. Pas la peine de te lever.

Norman posa une main sur son épaule, et ensemble ils s'assirent dans le banc. Les yeux de Norman étaient doux, tristes à la lueur vacillante des bougies, et les cernes sombres en dessous semblaient s'être allongés depuis le jour où ils avaient récupéré l'urne de Heather.

De la culpabilité ? Du chagrin ? Un homme jaloux aurait un faible pour sa... victime. Le dos de Petrosky se raidit, sa peau brûlant là où Norman l'avait touché, bien qu'il essayât de garder une posture détendue. Le salaud s'inquiétait probablement juste de se faire prendre.

— Qu'est-ce qui t'amène ici, Ed ?

— J'ai eu des nouvelles sur l'affaire de Heather. J'avais besoin d'un endroit pour y réfléchir.

Le mensonge lui échappa trop facilement.

— Je vois.

Petrosky essaya de croiser le regard de l'homme, mais Norman secoua la tête, baissant les yeux vers le sol.

— La maison de Dieu est le bon endroit pour ces préoccupations.

— La maison de Dieu et la mienne.

Quand les sourcils de Norman se levèrent, Petrosky termina :

— L'homme qui a tué Heather avait un complice, qui attendait dans le camion la nuit où Heather est morte — il a tiré une balle sur mon partenaire. C'est pour ça que je suis ici.

— Tu as vu cette personne ?

Les poils sur sa nuque se hérissèrent. Non, Petrosky ne l'avait pas vue — l'homme portait une cagoule. Et la façon dont le front du prêtre s'était détendu lui indiquait que le père Norman le savait déjà.

— Je n'ai pas vu son visage, mais je crois savoir qui c'était. J'essaie juste de décider quoi faire à ce sujet.

Le père Norman s'adossa dans le banc, et Petrosky tendit le cou pour garder un œil sur l'homme.

— Je vois, dit doucement le prêtre. Comment puis-je t'aider ?

Les cernes sous ses yeux semblaient s'assombrir encore davantage. Et les mains de Norman tremblaient visiblement.

— Rien que vous puissiez faire, mon père. Je pensais juste que vous voudriez savoir.

La main de Norman se posa à nouveau sur l'épaule de Petrosky, et il résista à l'envie de la repousser.

— Je te remercie, mon fils. Et s'il y a quoi que ce soit que je puisse faire pour t'aider maintenant, peut-être prendre ta confession...

Comme si j'allais entrer dans un confessionnal sombre avec toi. Était-ce là que l'idée avait germé ? Le prêtre regardant à travers le treillis en bois du confessionnal pendant que Donald déversait ses secrets, purgeant sa douleur de ne pas pouvoir subvenir aux besoins de sa fille ? Combien de temps avant que Norman n'ait fait des propositions à Heather ?

Petrosky n'en avait aucune idée. Parce que Norman était un gardien de secrets. Tous les prêtres l'étaient.

— J'ai juste besoin de m'asseoir un moment — d'être dans cet endroit que Heather aimait tant. C'est d'accord ?

Norman hocha la tête, le regard fixé sur ses mains tremblantes.

— Reste aussi longtemps que tu le souhaites.

Puis il se dirigea vers le couloir arrière et disparut au-delà de la nef — marchant plus vite que d'habitude, pensa Petrosky. *Il va chercher une arme.*

Au loin, une porte s'ouvrit, puis se referma. Norman était dans son bureau. Petrosky se leva et se dirigea bruyamment vers la sortie, mais s'arrêta à l'intérieur des énormes portes en chêne. Il retira ses chaussures et les mit sous son bras, puis ouvrit grand la porte d'entrée, attendant de s'assurer que les ressorts la rattraperaient et la fermeraient, avant de se diriger à pas feutrés vers le coin le plus reculé de l'église, là où les lumières du plafond n'atteignaient pas. Il se glissa sous le dernier banc sur le ventre, rampant comme s'il était dans le sable, comme s'il était de retour dans le désert avec Joey, inhalant la poudre, écoutant les rafales rapides des coups de feu — il pouvait presque sentir la terre entre ses dents. La porte d'entrée se referma avec un bruit sourd, marquant son départ supposé.

Il n'était pas sûr de ce qu'il attendait... mais son instinct lui disait de rester. D'observer. Le prêtre avait dit à Petrosky : « Reste aussi longtemps que tu le souhaites », ce qui était un consentement à l'entrée comme un vampire qui ne pouvait vous avoir qu'une fois que vous aviez lancé l'invitation. Maintenant, il pouvait faire tomber le salaud en fonction de ce qu'il verrait ici, et tout serait dans les règles — la façon la plus rapide de renoncer à vos droits était d'inviter les flics à l'intérieur. Et si Norman pensait que Petrosky le soupçonnait, il essaierait d'arranger ça, peut-être en passant un ou deux coups de fil, et Petrosky pourrait récupérer ces numéros auprès de la compagnie de téléphone plus tard. Si Norman partait, Petrosky le suivrait. S'il rencontrait quelqu'un, s'il appelait une jeune fille pour apaiser son agitation, pour soulager son stress, Petrosky le verrait. Ou Norman appellerait des renforts, un autre complice comme Brown, pour s'en prendre à Petrosky lui-même. Quel meilleur endroit que ces halls sacrés pour fomenter un complot meurtrier ?

Les minutes passèrent, bien que Petrosky ne fût pas certain de combien. Ses côtes lui faisaient mal à force d'être pressées contre le sol en bois. Un courant d'air vicié lui effleura le visage. Il laissa son corps s'enfoncer dans l'instant, les yeux ouverts sur les grains de poussière, et écouta, espérant entendre le bruit de pas approchant d'un autre endroit du bâtiment, mais le silence l'enveloppait comme une cape, seul le vent contre les chevrons testant les limites du silence brumeux qui s'était installé dans ses os.

Le bois appuyait plus fort contre son ventre. Il fixait le haut de la rangée vers l'allée, se concentrant sur... le vide. *Vide.* La douleur dans le bas de son dos s'intensifia, puis s'atténua. *Vide.* Son menton se refroidit contre le bois. *Vide. Vide. Vide.*

Il venait juste de fermer les yeux quand un grondement lointain lui fit relever la tête du sol. Il tendit l'oreille, mais le bruit ne se répéta pas. L'avait-il imaginé ?

Non, il y avait un autre bruit — un *clap* comme une portière de voiture qui claque, et bien que la neige aurait dû étouffer le son, il résonna comme une petite explosion à travers le bâtiment.

Scrii. La porte d'entrée grinça en s'ouvrant, puis se referma avec un bruit sourd. La vue de Petrosky était bloquée par les piliers de chaque côté de l'allée — il devait attendre que le nouveau venu s'avance plus loin dans l'église avant de pouvoir voir ses pieds se déplacer le long de la rangée de bancs. Du couloir arrière vint un autre *clac* — la porte du bureau du père Norman — puis le bruit des chaussures du prêtre *clic-claquant* dans l'allée. Norman s'arrêta comme s'il était surpris de voir son visiteur. Puis il reprit sa marche dans l'allée.

Les muscles de Petrosky se tendirent. *Attends. Écoute.* Il devait prendre Norman sur le fait — il fallait qu'il les entende dire quelque chose d'incriminant. Même alors, ce serait sa parole contre celle du prêtre.

Puis la personne près de la porte bougea, passant avec hésitation devant les piliers et entrant dans le champ de vision de Petrosky : les petites baskets vertes de Shandi, ses pas hésitants, l'équivalent caoutchouc-sur-bois des pleurs. Mais le prêtre remontait l'allée d'un pas dur, rapide et déterminé, celui de quelqu'un en mission. Plus près, plus près, dépassant Shandi, hors de vue de Petrosky. *Oh merde.* Norman soupçonnait-il qu'il se cachait ici ? Le prêtre venait-il maintenant pour lui tirer une balle dans le crâne ? Mais alors Petrosky entendit un *clac* — le verrou de la porte d'entrée. Norman les avait enfermés.

D'autres pas. Les poils de Petrosky se hérissèrent, ses poings se serrèrent, mais le prêtre ne venait pas vers lui — Norman se dirigeait vers l'extrémité opposée de la nef où se trouvaient les confessionnaux. Une autre porte grinça, si soudaine et si désagréable que Petrosky grimaça, et la porte du confessionnal claqua.

Écoute ton instinct, dirait Patrick. *Ce Norman est un type louche.* Un individu suspect.

Et l'instinct de Petrosky lui disait que cette fille n'était pas là pour confesser quoi que ce soit. Il n'était peut-être qu'un simple flic, mais il n'était pas idiot.

Petrosky se dégagea de l'espace sous le banc et recula dans l'ombre, scrutant l'église à la recherche d'autres signes de vie. Il ne vit que le doux vacillement des bougies. Un murmure à peine perceptible provenait de l'autre côté de la pièce.

Petrosky se faufila jusqu'à la porte du confessionnal, le bruissement de ses chaussettes sur le bois aussi inquiétant que le *chh chh* du glissement d'un serpent. Mais il n'y aurait pas d'arbres interdits ni de pommes mal acquises aujourd'hui. Seulement la justice. La porte du confessionnal était fraîche au toucher. Il colla son oreille au bois, et le son étouffé de sanglots filtra à travers.

— J'ai peur qu'il sache. Shandi. Norman l'utilisait-il aussi ? La payait-il pour... quoi ? Des faveurs sexuelles ? C'est pour ça qu'Heather n'avait pas nié être une prostituée ; elle s'était sûrement sentie comme telle.

— Qu'est-ce qui te fait penser qu'il sait ? demanda Norman.

— Il était là, à l'entrepôt, et...

— Mon enfant, ce que je t'ai demandé de faire n'était peut-être pas orthodoxe, mais il n'y a rien dont tu doives avoir honte.

Rien dont avoir honte ? Norman allait se prendre un poing dans la mâchoire s'il essayait de faire passer la prostitution, la drogue ou le meurtre pour « un peu non orthodoxe ».

— Mais il sait pour Heather !

— Tu n'as pas de secrets, mon enfant.

Si Norman avait ordonné l'exécution d'Heather et assassiné Marius Brown, il avait plus que des secrets à craindre.

La voix de Shandi se transforma en sanglots désespérés. — Je... je ne sais même toujours pas pourquoi je devais la surveiller ! Et maintenant elle est morte, elle est... Je ne peux pas... Elle haletait maintenant, suffoquant.

Petrosky plissa les yeux. *Attends, quoi ? La surveiller ?* Si Norman avait dit à Shandi de traquer Heather, de le prévenir quand elle serait seule, alors Shandi était complice. Pas étonnant qu'elle n'ait rien voulu lui dire.

— Je sais, mon enfant. Le chagrin est une terrible...

— Savez-vous qui lui a fait du mal ? Vont-ils me faire du mal ?

— Mon enfant, tu sais que je ne peux pas...

— Que si, vous le pouvez ! Un coup retentit à l'intérieur du confessionnal comme si elle avait frappé du poing contre le banc en bois. — Vous saviez qu'elle était en danger, c'est pour ça que vous vouliez que je la surveille !

Était-ce vrai ? Non, Norman avait voulu que Shandi surveille Heather pour qu'il puisse s'en prendre à elle.

— Je... je ne sais tout simplement pas quoi faire, murmura-t-elle. Un bruit de frottement, comme si elle se levait, et Petrosky recula, cherchant un endroit où se cacher. Dix pas jusqu'aux bancs, mais il n'arriverait jamais à l'arrière à temps. Seulement cinq pas jusqu'au couloir.

Il se précipita vers le bureau de Norman, attendant le grincement et le claquement de la porte du confessionnal, que Norman appelle son nom, le *clac clac* des pas le poursuivant, mais aucun bruit ne venait de la nef alors qu'il se glissait dans le couloir et faisait la douzaine de pas vers les bureaux. Il s'arrêta à la porte à côté de celle de Norman — verrouillée. Mais la fente sous la porte du bureau du Père Norman brillait de la lumière d'une lampe.

Clic. La porte s'ouvrit. Petrosky s'arrêta sur le seuil, écoutant à nouveau les mouvements venant de l'avant de l'église, mais Norman avait apparemment convaincu Shandi de rester — et il ne la tuerait pas ici. Il était trop malin pour ça. Il savait comment s'assurer que rien ne l'incrimine. C'est pour ça qu'il avait engagé Brown — et créé le tristement célèbre Otis Messinger.

Et quelques mots chuchotés par une fille qui ne connaissait visiblement pas les sombres secrets de son patron ne suffisaient pas pour accuser Norman de meurtre. Petrosky avait besoin de plus. Il voulait que ce salaud disparaisse pour toujours... s'il ne s'occupait pas de lui lui-même d'abord. Derrière le bureau, la fenêtre rougeoyait, le verre subtilement orangé annonçant l'aube imminente.

Petrosky passa la tête par la porte et écouta, et quand aucun bruit ne vint de l'église, il ferma doucement la porte et se précipita vers le tiroir supérieur du bureau, laissant tomber ses chaussures. Des crayons et des pièces, pour la plupart — il poussa de côté un chapelet, souleva un bloc de post-it. Le deuxième tiroir contenait plus ou moins la même chose. Il se détourna du bureau vers le classeur à deux tiroirs dans le coin au fond de la pièce et s'accroupit devant — verrouillé. Le couteau suisse qu'il avait piqué au greffier du service des archives du commissariat vint facilement à bout du loquet. Heureusement qu'il l'avait gardé — ce truc s'avérait bien utile.

Il ouvrit brusquement le tiroir du bas, et un *tintement* clair résonna dans l'air. Petrosky s'arrêta, écoutant si quelqu'un risquait de le surprendre, et quand tout resta silencieux, il jeta un coup d'œil à l'intérieur et trouva une bouteille de gin bon marché à moitié vide coincée à côté d'une petite pile de dossiers suspendus. Il sortit la bouteille avec les dossiers et feuilleta les chemises. Listes de bénévoles. Versets bibliques, sermons à moitié écrits. Vieux calendriers avec les dates de baptêmes et d'enterrements.

Petrosky se redressa sur ses talons et se figea, le regard rivé sur le bureau. L'ouverture pour la chaise était normale, mais les côtés où se trouvaient les tiroirs semblaient... bizarres. Il plissa les yeux. Oui, les tiroirs d'un côté descendaient plus bas que l'autre, comme si le tiroir du bas du côté droit du bureau était plus profond. Sûrement que le bureau n'avait pas été fabriqué comme ça. Et en rampant vers lui, il distingua une minuscule crevasse, à peu près là où le tiroir aurait dû se terminer, le bois en dessous étant d'une teinte légèrement différente de celle du tiroir du dessus. Il passa ses doigts le long du côté du tiroir — lisse jusqu'à ce qu'il atteigne la crevasse. Quelqu'un avait collé une boîte sous le bureau. Il tendit la main en dessous —

Là.

Une minuscule découpe en demi-lune sur le dessous. Il y glissa son doigt et tira, et un mince panneau de bois glissa, un doux *boum* coupant le sifflement frénétique de sa respiration — quelque chose était tombé. Un chéquier gisait ouvert sur le tapis, deux noms sur le compte : Heather Ainsley et Otis Messinger. Et maintenant les lettres bulles qu'Heather avait gribouillées au dos de ses dossiers chez elle prenaient encore plus de sens. Big Daddy.

Qui de mieux pour être « Big Daddy » que le *Père* Norman ?

— Putain de merde. Espèce d'enfoiré de...

— Je te demanderai de ne pas blasphémer ici, mon fils.

Petrosky sursauta, évitant de justesse de se cogner le front contre le bureau en se redressant d'un bond, sortant maladroitement son arme de son étui et la braquant.

Norman se tenait dans l'encadrement de la porte avec la fille devant lui comme un bouclier humain, ses mains sur les épaules frêles de Shandi, son corps tremblant, ses yeux baissés vers ses minuscules baskets vertes.

CHAPITRE 20

Norman était impassible, mais quand la fille releva la tête, son visage était on ne peut plus lisible : Shandi était terrifiée. Petrosky plissa les yeux. Norman semblait désarmé, mais cela ne signifiait pas qu'il ne pouvait pas lui briser le cou d'un seul geste, comme certains des camarades de Petrosky l'avaient fait pendant la guerre.

— Baisse ton arme, Ed.

L'œil droit de Petrosky tressaillit. La fille se mit à pleurer.

— Laisse-la partir, Norman.

Les yeux de Norman s'écarquillèrent.

— Elle est ici de son plein gré.

Il leva les mains, mais Shandi resta où elle était, reculant jusqu'à ce que ses épaules touchent la poitrine du prêtre.

— Vous allez nous tuer ? chuchota-t-elle, la voix tremblante. S'il vous plaît, ne nous tuez pas.

Petrosky gardait son arme pointée sur le visage de

Norman, mais son esprit s'emballait. *Cette fille a peur... de moi ?*

C'est un piège.

Il te tuera dès que tu baisseras ta garde.

Mais ce visage de fille, strié de larmes... Norman n'avait pas d'arme, et Petrosky ne voyait aucune poche dans la tunique du prêtre. Il baissa son arme mais garda son doigt sur la détente.

— Il semble que nous devions avoir une conversation, Ed.

La voix du prêtre était toujours aussi douce, mais Petrosky pouvait maintenant y déceler le timbre manipulateur, le genre de voix travaillée pour encourager la placidité chez ceux qui vous entourent. Pour pouvoir les contrôler.

Il resserra sa prise sur l'arme.

— Shandi, sors, dit doucement Norman. C'est juste une conversation entre amis.

Petrosky faillit dire : « Tu n'es pas aux commandes ici, Norman », mais il ne voulait pas plus que Norman que Shandi reste là.

La fille hésita, le regardant, puis Norman.

— Va-t'en, dit Petrosky.

Elle se précipita dans le couloir, laissant la porte ouverte derrière elle. Norman tourna le dos à Petrosky et la ferma, et quand il fit de nouveau face à Petrosky, ses yeux étaient embués.

Comédien. Tu vas me dire que tu l'as tuée, espèce d'enfoiré.

Norman s'assit dans le fauteuil devant le bureau, et Petrosky prit le siège en face de lui, visant Norman sous le bureau au cas où l'homme aurait une artillerie cachée dont il n'était pas au courant.

— Je t'écoute, Norman.

— Père Norman.

— Quel putain de prêtre tu fais.

Norman fronça les sourcils mais ne répondit pas.

— Parle-moi de ça.

Petrosky jeta le chéquier sur les genoux de l'homme. Norman ne prit même pas la peine de le regarder, gardant ses yeux fixés sur ceux de Petrosky.

— C'est un compte joint.

— Je le sais, génie. Et si tu me disais pourquoi tu payais Heather. *Dis-moi ce que tu lui as fait, putain, dis-le-moi.*

— Je ne la payais pas. Je... la soutenais.

— Bien sûr, dit Petrosky, fusillant Norman du regard. Comment Heather avait-elle pu faire confiance à ce type ? Mais... lui aussi l'avait fait. Petrosky s'éclaircit la gorge. Est-ce que tu l'as tuée parce que tu ne voulais pas que quelqu'un découvre comment elle gagnait ce soutien ?

— Je ne l'ai pas tuée.

— Mais bien sûr.

Ses épaules criaient de tension. L'air autour d'eux s'était raréfié, comme si Norman avait remplacé tout l'oxygène de la pièce par des conneries.

— Cette fille qui vient de partir... tu la paies aussi pour des trucs pervers ?

— Tu es libre de parler à Shandi. Demande-lui ce que tu veux.

Elle ne me dira rien.

— Pourquoi ne m'expliques-tu pas pourquoi elle est ici maintenant. Je suis sûr que ta coopération aidera beaucoup le procureur.

Les lèvres de Norman tremblèrent, mais il serra la bouche et ne dit rien. Puis, d'une voix si douce qu'elle était presque imperceptible :

— Elle veillait sur Heather pour moi.

Je ne sais même pas pourquoi je devais la surveiller !

— Et pourquoi aurais-tu surveillé Heather ?

SALUT

La lèvre du prêtre tremblait toujours - effrayé. Coupable comme le péché.

— C'est presque comme si tu avais besoin de quelqu'un pour la surveiller, quelqu'un pour s'assurer qu'elle se présenterait derrière cette école pour que tu puisses la tuer de sang-froid.

— Je n'ai rien fait de tel. Mais j'ai des gens en qui j'ai confiance, des gens qui veillaient sur elle de temps en temps. Elle était calme, timide, comme tu le sais.

Et sur le mot « timide », sa voix se brisa, mais pas avec la douleur du chagrin - c'était plus chaud, plus vif, une rage mal dissimulée que Petrosky ne pouvait pas situer.

— Des gens en qui tu as confiance... donc plus de gens que juste Shandi ? Gene aussi ? *Il avait l'habitude d'appeler ici tout le temps, il avait un faible pour elle.*

Norman déglutit difficilement, puis hocha lentement la tête.

Il avait une armée là-bas, qui surveillait Heather. Mais il n'avait aucune raison de la suivre à moins de savoir qu'elle était en danger.

— Je voulais juste la garder en sécurité.

— Donc tu savais qu'elle était en danger. *Parce que tu l'as mise en danger, espèce d'enfoiré.*

— Je le soupçonnais seulement. Je l'ai même bipée ce jour-là pour la prévenir, pour lui dire d'être prudente.

— C'était toi qui l'avais bipée-

Il leva une main.

— Je n'ai jamais pensé que ça irait si loin ; que ça se passerait... ainsi.

Sa respiration se bloqua à nouveau, mais cette fois, ses yeux se remplirent de larmes.

— Je pensais que je vous marierais tous les deux à mon autel, que je la verrais descendre l'allée, que je baptiserais vos enfants.

Les larmes débordèrent, coulant sur ses joues, et la main de Petrosky se relâcha autour de son arme. Norman était-il si bon menteur, ne faisait-il que simuler ? Ou étaient-ce des larmes de culpabilité ?

— Eh bien, si ce n'était pas toi, *Père*, qui était-ce ? Qui l'a tuée ?

Le prêtre regarda au-delà de Petrosky, la lueur orangée du lever du soleil scintillant dans ses iris comme des flammes.

Petrosky leva un poing et le frappa si fort sur le bureau que Norman sursauta.

— Arrête de me faire marcher et dis-moi ce que tu sais.

— J'ai bien peur de ne pas pouvoir faire ça, mon fils.

Norman croisa les bras, et maintenant ses yeux étaient froids, d'acier - déterminés.

— Certaines choses ne sont pas destinées à voir le jour.

— Tu ne vas pas me sortir des conneries de privilège du confessionnal-

— Ce ne sont pas des conneries, comme tu dis. Je ne suis qu'un intermédiaire. La confession est un lien sacré entre le Seigneur et ses enfants.

— Si quelqu'un a avoué avoir tué Heather-

— Ce n'est pas le cas.

— Alors comment diable-

— Les transgressions passées sont souvent singulières par nature — une erreur, un moment d'égarement. Mais parfois, elles se répètent. Si nous voyons les signes, nous intervenons quand nous le pouvons ; le reste, nous le laissons à Dieu.

— Ton Dieu a fait tuer ma fiancée, alors tu m'excuseras si je ne crois pas à ces conneries...

— Le Seigneur agit de façons que nous ne comprenons pas toujours.

— C'est là que nous divergeons, Norman : moi, j'ai

besoin de comprendre. Et je n'arrêterai pas tant que je n'aurai pas compris.

— Il te tuera.

— Pardon ?

Les lèvres de Norman se fermèrent brusquement, et il inspira profondément par les narines, puis expira si lentement que Petrosky eut envie de le frapper en plein nez. — La crainte de l'Éternel prolonge les jours, mais les années des méchants sont abrégées.

— Ce n'est pas ce que tu allais dire. *La crainte de l'Éternel, mon cul — Dieu n'a rien à voir là-dedans.* Et si tu penses que ton Dieu veut me tuer parce que j'enquête sur la mort d'Heather, tu ne plaides pas en faveur de la santé mentale des croyants. Il se pencha sur le bureau, fixant Norman dans les yeux. — Faisons comme si je te croyais. Si tu as reçu la confession de quelqu'un de dangereux, d'un tueur, ce n'est qu'une question de temps avant qu'il ne recommence. Tu mets toute ta congrégation en danger.

— Le danger est passé.

— D'après ce que tu viens de dire, on dirait que tu penses que je pourrais être sur la liste des prochaines victimes.

— Méfiez-vous des faux prophètes, lâcha le prêtre, qui viennent à vous en vêtements de brebis, mais au-dedans sont des loups ravisseurs. Il s'essuya les yeux. — Matthieu 7:15.

— Ne joue pas avec quelqu'un qui te braque avec une arme. Petrosky leva le canon au-dessus du bureau et le pointa sur Norman. — Courtoisie d'une prostituée que j'ai rencontrée du côté est. Une femme sage.

— Le danger sera bientôt terminé, répéta Norman, et quelque chose dans son visage rappela à Petrosky Heather, la façon dont elle avait l'air à la fin d'une longue journée — épuisée mais soulagée.

— Tu ne peux pas être sûr qu'il n'y a plus de danger. Mais tu peux être sûr que tu passeras du temps en cellule si tu ne commences pas à parler.

— Mon lien avec le Seigneur me fera traverser toutes les épreuves tant que je garderai la foi.

Sur ce point, Petrosky le croyait. Il pourrait enfermer Norman dès demain, et le type resterait assis là, les lèvres scellées, pour l'éternité.

Mais rien de tout cela n'expliquait pourquoi il donnait de l'argent à Heather. — Tu as dit que tu la soutenais, mais tu ne peux pas soutenir tous les membres de ta congrégation. Alors pourquoi Heather ?

— Heather était spéciale.

— Comme Marius Brown était spécial ?

Les yeux du prêtre se plissèrent.

— Marius est entré en possession d'une grosse somme d'argent juste après la mort d'Heather. Je suppose que c'était toi, qui le payais pour la tuer avec l'argent des comptes d'Heather ? *Avoue-le, enfoiré.* Mais la certitude qu'il avait eue en arrivant s'était adoucie en un lourd malaise au creux de son estomac.

Les narines du prêtre se dilatèrent. L'incertitude de Petrosky s'évanouit — personne n'avait accès à ces comptes secrets à part le Père Norman. Pourquoi d'autre les garderait-il derrière un panneau caché sous son bureau ? Et malgré l'évidence, le type ne pouvait toujours pas l'admettre.

— Bordel de merde, arrête de déconner et dis-moi la foutue vérité ! Si tu ne l'as pas tuée toi-même, tu en savais assez pour l'empêcher. Et tu sais parfaitement comment Marius Brown était lié à tout ça.

— Marius m'aidait à veiller sur Heather, je ne le nierai pas.

— Et elle est morte par hasard sous sa surveillance,

avec lui couvert de son sang, juste avant que tu ne le payes. Petrosky tapota la crosse de son arme sur le bois.

La mâchoire de Norman se crispa. — Oui, j'ai donné l'argent à Marius. Heather n'en avait plus besoin.

Je le savais. — Mais Donald en a besoin. C'est pour ça qu'elle économisait. Et cet argent était là jusqu'à ce que tu payes Marius Brown pour la tuer.

— Je n'ai rien fait de tel. Mais son visage s'était durci, et ses yeux étaient troubles — moins déterminés. Était-ce de la peur ?

— Alors pourquoi le payer ?

— Tu devras lui demander.

Lui demander. Au présent. — Nous avons trouvé le corps de Marius Brown aujourd'hui, dit lentement Petrosky, examinant le visage du prêtre. Tué par balle.

La mâchoire de Norman tomba. Sa peau pâlit — le choc. *Il ne savait pas.* Puis : — Non. Non, ce n'est pas possible... Marius ? Il avait des problèmes, mais... oh, non. Le barrage céda. Ses épaules tremblèrent. Des larmes coulèrent sur ses joues. Impossible que le prêtre soit si bon menteur.

— Pourquoi quelqu'un tuerait Marius, mon Père ?

— Je ne peux pas répondre à ça. Norman regarda à nouveau par la fenêtre vers l'aube naissante. Son visage était mouillé. — Il est temps que tu partes. Il observa le soleil levant tandis que Petrosky rangeait son arme dans son étui et attrapait ses chaussures. Le chéquier était ouvert sur les genoux de Norman — Petrosky s'en empara aussi.

— Ed ?

Il se retourna à la porte pour voir le regard de Norman fixé sur lui, son visage sérieux. — Soyez prudents comme des serpents et simples comme des colombes.

Simples comme des colombes. Comme celles qu'Heather n'aurait jamais l'occasion d'élever.

CHAPITRE 21

Petrosky se dirigea vers le commissariat, s'attendant à ce que Mueller ou Patrick l'attendent dans la lumière du matin, prêts à l'arrêter pour avoir braqué une arme sur le père Norman. Mais personne ne leva les yeux lorsqu'il traversa l'open space en direction du bureau de Mueller. Le détective était déjà debout.

— Tu as vu Patrick ? demanda Petrosky.

— Tu as perdu ton coéquipier, hein ? Il finira par réapparaître.

Devrais-je lui dire ? Mais que dirait Petrosky ? Que le père Norman avait dit que *quelqu'un* dans son église avait tué Heather ? Qu'il avait pointé une arme sur le visage du prêtre tout ce temps ?

— Du nouveau sur l'affaire Marius Brown ?

— Juste l'autopsie, répondit Mueller en enfilant son manteau. Une seule blessure par balle, trajectoire descendante ; on dirait que quelqu'un était assis sur le toit du bâtiment d'à côté, attendant qu'il sorte. Il ne l'a probablement jamais vu venir.

Un tir de sniper depuis le toit — le tueur ne s'était même pas sali les mains.

Mueller se tourna vers les escaliers, et Petrosky posa une main sur son épaule. — Hé, Mueller, tu peux attendre un-

— Je dois y aller. Notification à la famille proche de Brown, ça a pris une éternité pour la trouver. La mère s'est mariée et n'a jamais pris la peine de changer son nom auprès de l'État ou du service des permis de conduire, elle a juste emménagé avec son mari. Elle a même laissé expirer son permis de conduire et tout le reste. Mueller fronça les sourcils en regardant la main de Petrosky, qui laissa retomber son bras. — Je déteste ça, marmonna Mueller.

— Je peux venir avec toi ? Bien que Norman ait admis avoir donné l'argent à Brown, ils devaient prouver que c'était plus que de la charité. Peut-être que la famille de Marius Brown avait des informations sur l'afflux soudain d'argent de Brown... et sur ce que Brown aurait pu être prêt à faire pour l'obtenir. Parce que même si Norman n'avait pas payé Brown pour tuer Heather — et Petrosky n'était toujours pas entièrement certain de le croire — on ne donnait pas ce genre d'argent à quelqu'un sans qu'il l'ait mérité.

— Pouvez-vous penser à une raison pour laquelle quelqu'un aurait voulu faire du mal à votre fils ?

Grace Johnson secoua la tête, les épaules affaissées — vaincue. — Il était... troublé, donc je ne peux pas en être certaine. Il était dans la drogue et ce genre de choses. Il n'a jamais semblé pouvoir s'en sortir.

Troublé — le même mot que le père Norman avait

utilisé, presque comme si les deux en avaient discuté auparavant.

— Je lui ai dit de revenir quand il serait clean, je pensais que l'amour dur était la solution... Elle essuya les larmes de ses joues. — Après l'avoir coupé, il passait la plupart de son temps dans ce refuge.

Coupé, hein ? Était-ce la raison pour laquelle Brown avait continué à travailler malgré tout cet argent en banque ? Parce qu'il ne pouvait pas y accéder ?

Mueller insista : — Nous avons des raisons de croire que votre fils aurait pu tuer une femme quelques mois avant sa mort.

Ses yeux s'écarquillèrent. — Marius ? Pas mon Marius.

Ah, l'amour. Quand on est trop proche pour voir une personne telle qu'elle est vraiment.

— Nous avons une identification positive. Un témoin. Un afflux d'argent sur son compte bancaire le lendemain du meurtre.

Elle fixa le mur derrière eux, les jointures blanches. Le silence s'étira.

— Connaissiez-vous Heather Ainsley ?

Sa mâchoire se crispa, mais elle ramena son regard sur le visage de Mueller.

— Madame ?

Maintenant, elle baissa les yeux. — Je connaissais sa mère. Sa voix était tendue, mais pas de tristesse cette fois — elle avait l'air en colère.

— Votre fils était sur la scène du meurtre d'Ainsley, dit Mueller. Couvert de son sang. Nous pensons qu'il l'a tuée, mais ce que nous n'arrivons pas à comprendre, c'est pourquoi.

S'il l'avait tuée pour l'argent, il n'avait pas besoin d'une autre raison. Mais cette femme avait coupé les vivres à son fils. Quand ? Contrôlait-elle les comptes de Brown au moment de la mort de Heather ? Et si c'était le cas... pourquoi Brown se serait-il donné la peine de le gagner en tuant Heather en premier lieu ?

Sa mâchoire se serra, se relâcha, se serra, se relâcha.

— Madame ? répéta Mueller.

Elle serra les lèvres encore plus fort.

— Comment l'avez-vous coupé ? demanda Petrosky. N'avait-il pas ses propres comptes bancaires ?

— Je... Ils sont à moi. Il ne le savait pas — je les ai juste mis à son nom. Je pensais qu'une fois qu'il irait mieux...

C'est elle que Norman payait ?

Petrosky et Mueller échangèrent un regard. *Allez, ma petite dame, donnez-moi quelque chose.* Il avait besoin d'une raison de connaître l'implication du père Norman autre que le fait d'avoir fouillé dans le bureau du prêtre ou d'avoir rôdé autour du refuge pour sans-abri, où il n'était absolument pas censé être.

— Si Marius passait du temps au refuge pour sans-abri, pensez-vous qu'il était proche de quelqu'un là-bas ? Peut-être s'est-il fait des amis à l'église du coin ? Petrosky la fixa d'un regard fixe, sans ciller. Ses narines se dilatèrent.

— Je sais que beaucoup de ces garçons vont voir le père Norman, et si quelqu'un là-bas en voulait à Marius... Il jeta un nouveau coup d'œil à Mueller. — Peut-être devrions-nous interroger le prêtre.

Son visage changea presque imperceptiblement, la panique brillant à travers son chagrin. Mueller se raidit — il avait dû le voir aussi.

Elle fixa Petrosky comme si elle évaluait ses options, puis baissa le menton vers sa poitrine. — Je savais que ça finirait par arriver.

Mueller tressaillit. — Vous saviez que Marius allait assassiner-

— Non, que les gens... découvriraient... Elle soupira.

— Découvriraient quoi ? demanda Mueller, mais le monde de Petrosky avait ralenti.

— Eh bien, moi et... je veux dire, vous savez. C'est pour ça que vous êtes ici, non ? Parce qu'il a donné à Marius l'argent de Heather ?

— Madame-

— Je ne voulais pas lui attirer d'ennuis, d'accord ? J'y ai pensé parfois — je détestais que Marius aille à l'église là-bas, qu'ils aient le moindre contact. Mais il payait une pension alimentaire tant que je ne disais à personne qu'il était le père de Marius — je ne pense même pas que Marius le savait.

Mueller plissa les yeux. — Le père de Marius ? De qui parlons-nous-

— Le père Norman, dit Petrosky. Mueller tourna brusquement la tête vers Petrosky, puis de nouveau vers Grace alors qu'elle acquiesçait.

— Le père Norman est-il au courant ? demanda Mueller. De la mort de Marius ?

Oui.

— Eh bien, je ne lui ai certainement pas dit — je ne l'ai pas vu depuis des années. Elle haussa les épaules. — Nous ne nous sommes pas quittés en bons termes.

Mueller se pencha en avant. — Et pourquoi cela, madame ?

Elle s'essuya les yeux. — J'étais loin d'être la seule.

CHAPITRE 22

Ce putain de prêtre. Tu peux y croire ? Mueller tapotait ses doigts sur le volant. T'as de bons instincts, Petrosky.

Mais les mots lui parvenaient comme à travers un brouillard. Il s'était complètement trompé. Le père Norman était le père de Marius Brown, le père de Heather, payant ses enfants pour garder leur paternité secrète. Brown n'avait pas eu besoin d'« Otis Messinger » — sa mère avait créé le compte pour lui. Mais Heather avait eu besoin d'un cosignataire ; quand le prêtre avait commencé à la payer, elle avait quinze ans, et Donald ne devait pas savoir que Heather n'était pas sa fille. Sinon, elle n'aurait pas inventé cette histoire élaborée de comptabilité, et Donald n'aurait certainement pas été amical avec Norman s'il avait su que le prêtre avait couché avec sa femme. Pourquoi Norman avait attendu qu'elle soit adolescente pour commencer à payer, Petrosky n'en avait aucune idée — peut-être que la mère de Heather ne voulait pas éveiller les soupçons en ayant de l'argent supplémentaire.

Mais une fois que Nancy s'était suicidée, et que Norman avait réalisé que Heather avait besoin de fonds...

Pourtant, pourquoi Heather faisait-elle le trottoir la nuit où ils s'étaient rencontrés si elle avait tout cet argent ? Pourquoi avaient-ils été assassinés, elle et Marius Brown ? Bien que... il était possible que quelqu'un s'en prenne au prêtre à cause de ses liaisons. Il soupira. Pourquoi diable Norman pouvait-il ignorer toute l'histoire du célibat mais garder les secrets de la confession ? C'était vraiment choisir ce qui l'arrangeait dans la religion.

— Je vais te déposer au poste, disait Mueller. Je veux passer du temps à l'église aujourd'hui, discuter avec ce père Norman et voir ce que je peux découvrir. Il secoua la tête. Ce putain de prêtre.

Mais Petrosky savait déjà ce que Norman dirait à Mueller : pas grand-chose. Avec un peu de chance, il omettrait la partie concernant la visite matinale de Petrosky. Il regardait par la fenêtre la neige qui fondait. — Soyez prudents comme des serpents et innocents comme des colombes. Amuse-toi bien avec ça.

— Voici, je vous envoie comme des brebis au milieu des loups, dit Mueller avec un ricanement. Je ne t'aurais jamais pris pour un homme religieux.

Petrosky se détourna de la fenêtre. — Quoi ?

— Le reste de cette citation. « Voici, je vous envoie comme des brebis au milieu des loups ; soyez donc prudents comme des serpents et innocents comme des colombes. » Ma grand-mère disait ça tout le temps.

Au milieu des loups. Un loup déguisé en agneau... Qu'est-ce que Norman avait dit d'autre ? Quelque chose à propos de faux prophètes qui ressemblaient à des brebis mais étaient... des loups voraces. *Loups, loups.* C'était un peu trop coïncident. Alors, qu'essayait de lui dire Norman ? Personne n'avait avoué le meurtre de Heather s'il croyait le prêtre... mais peut-être que Norman avait une idée de qui avait tué Marius Brown.

Loups. Le *loup solitaire*.

Non. Ce n'était pas possible. Ça n'avait aucun sens.

Le père Norman se fout de moi.

Mais et s'il ne le faisait pas ?

La crainte de l'Éternel prolonge les jours, mais les années des méchants sont abrégées.

Une vie courte — quelqu'un de malade. Mourant.

— Ça va ? demanda Mueller.

— Ouais, ça va, dit Petrosky, essayant de garder une voix égale. J'ai juste quelques trucs à régler au commissariat.

— Pas de problème. Je vais te déposer pour que tu puisses retrouver ton partenaire.

Mais il n'allait pas faire ça avec un partenaire.

Tu veux être quoi, mon gars ?

Certain, monsieur.

Certain.

CHAPITRE 23

onald était assis, le regard fixé sur la fenêtre de devant, les yeux ternes, les mains tremblantes posées sur le chien sur ses genoux. — Que veux-tu, Ed ? Je suis terriblement fatigué. Il en avait l'air aussi — peau trop pâle, joues creuses, cage thoracique affaissée.

Je dois me tromper à ce sujet. Mais si quelqu'un avait tué la fille de Petrosky...

— Écoute, Donald, Marius Brown, l'homme qui a assassiné Heather... il a été retrouvé mort hier. Abattu, trajectoire descendante comme celle d'un fusil de sniper.

— Ah bon.

— Tu le connaissais, Donald ? Les muscles de Petrosky étaient si tendus qu'il craignait qu'ils ne se rompent. Le regard de Donald restait fixé sur la fenêtre. — Le refuge est juste à côté de l'église ; peut-être que Marius y allait parfois ? Peut-être que tu l'as rencontré à la soirée bingo ?

— Je ne suis pas sûr.

— Donald... J'ai besoin que tu sois honnête avec moi,

dit-il, et le vieil homme se tourna enfin vers Petrosky, les yeux brillants maintenant. — Si je monte au grenier chercher ton vieux fusil, est-ce que je vais découvrir qu'il a été récemment utilisé ? Est-ce qu'ils pourront faire correspondre ton arme à la balle qu'on a extraite de la poitrine de Marius ?

L'homme cligna des yeux, son visage pâle fantomatique dans les rayons de soleil venant de la fenêtre. — Comment penses-tu que j'aurais pu me rendre là-bas pour faire ça ? Regarde-moi, mon garçon. Il fit un geste vers ses jambes — minces, mais... pas aussi atrophiées qu'elles auraient dû l'être. — Tu crois que je quitte miraculeusement ce fauteuil tous les soirs ?

L'arrêt que Petrosky avait fait en chemin suggérait exactement cela. — Je pense que oui — ou du moins que tu le peux.

— Mais...

— Ton assistante sociale m'a dit que tu avais de la kinésithérapie, mais qu'elle ne s'est pas inquiétée quand le chèque a été rejeté parce que tu n'en avais plus besoin — même si tu ne marchais toujours pas.

— Ça n'aidait pas.

— Peut-être pas. Le kinésithérapeute a dit que tu pouvais marcher sans problème — tes muscles fonctionnaient même si tu refusais de te lever. Petrosky suivit le regard de Donald vers le chien sur ses genoux, une des petites pattes de Roscoe étalée sur l'accoudoir du fauteuil roulant. — Je ne comprends pas pourquoi tu ferais semblant d'être dans un état pire que tu ne l'es réellement.

— J'ai beaucoup de choses à expier, Ed — tu étais militaire, tu comprends.

— Je comprends la culpabilité — *mon Dieu, oui* — mais pourquoi le fauteuil ?

— C'est ma pénitence.

— Comment le fait d'être assis dans un fauteuil roulant pourrait-il défaire ce que tu as fait pendant la guerre ? Même si tu as estropié quelqu'un d'autre...

— Certaines choses doivent être faites pour le bien de l'âme. La mâchoire de Donald trembla, et il baissa la voix pour chuchoter. — Et Marius a eu ce qu'il méritait.

Bon sang, il l'a vraiment fait. L'homme avait réussi à parcourir cinq kilomètres jusqu'au magasin d'électroménager, était monté sur le toit du bâtiment adjacent, avait attendu que Brown sorte, et lui avait tiré une balle dans le cœur ? Quelqu'un d'autre l'avait-il conduit, ou avait-il réalisé tout cela tout seul ? Que diable se passait-il ici ? Donald ouvrit à nouveau la bouche comme pour parler, mais Petrosky leva la main — *stop.* — Ne dis rien d'autre sans avocat. Si Brown avait tué la fille de Petrosky, il lui aurait aussi tiré dessus — merde, il aurait rampé sur les mains et les genoux pour monter trois étages pour y arriver. Peut-être que Petrosky ne dirait rien du tout à la police, laisserait simplement le vieil homme mourir en paix. Donald ne tiendrait même pas jusqu'à la fin du procès avant de passer l'arme à gauche.

Petrosky passa une main sur son visage mal rasé, se sentant dix ans plus vieux, et suivit le regard de Donald vers le crucifix. Jésus le fixait d'un air accusateur comme si Petrosky lui-même l'avait cloué au bois. Marius avait tué Heather, deal de drogue, peut-être, ou juste de la folie. Et Donald avait tué l'homme qui avait assassiné sa fille. Mais quelque chose d'autre tracassait Petrosky. — Comment savais-tu que Marius avait tué Heather ? La police ne l'avait découvert qu'hier, et c'était uniquement parce que Petrosky leur avait donné une identification — ils ne l'avaient certainement pas encore rendu public.

— Coup de chance.

— Tu as tué un homme sur un coup de chance ? Donald avait-il une source au commissariat ? Les poils de sa nuque se hérissèrent.

— Je lui ai demandé au bingo — tu avais raison sur ce point. Et il l'a avoué.

Cela ne sonnait pas vrai — *Comment aurait-il su demander à Marius en premier lieu ?* — mais c'était possible. — Sais-tu qui était l'autre homme dans la voiture ? L'homme qui a tiré sur mon partenaire ? Donald avait peut-être tué Marius après coup, mais il n'était pas resté là à regarder Marius assassiner son unique enfant.

Donald secoua la tête. Le regard de Petrosky tomba sur la boîte sur la table, la médaille de Donald entourée de parois en verre avec une photo encadrée : Donald agenouillé, un fusil de sniper sur l'épaule après sa dernière mission en solo.

Le loup solitaire.

Donald le vit regarder et renifla une fois, fort. — Je ne suis pas désolé, Ed. Marius...

— Tu dois appeler un avocat, Don.

— Maintenant, l'âme de ce garçon a une chance d'aller au Paradis. Tu sais qu'il est plus facile d'y entrer si quelqu'un d'autre t'y envoie. Tes péchés sont pardonnés — c'est automatique.

Petrosky détourna son regard de la boîte en verre, les couleurs autour de lui se fondant en gris. Ça ne ressemblait certainement à aucun sermon qu'il ait jamais entendu. — Tu penses que Marius va au Paradis maintenant parce que tu l'as tué ? Après qu'il ait assassiné ta fille ?

Les yeux de Donald étaient toujours fixés sur sa médaille. — On parlait de ça tout le temps dans la jungle. Comment on aidait ces salauds, en soulageant leur souffrance éternelle — on était des héros.

Petrosky ne justifierait pas ce qu'il avait fait pendant la

guerre. Il ne le pouvait pas. Mais Donald avait eu besoin d'une raison pour chaque vie qu'il avait prise, une excuse — alors il en avait créé une : *Pour le bien de l'âme.*

Pour le bien de l'âme... La pièce se réchauffa alors que quelque chose de crucial se mettait en place dans le cerveau de Petrosky. Norman avait dit qu'il n'avait pas entendu de confession sur le meurtre de Heather ; il avait entendu une autre confession, quelque chose d'énorme, quelque chose de dangereux. Petrosky avait pensé que Norman parlait du meurtre de Marius Brown, mais non — Norman avait été choqué. Le prêtre n'avait pas su que Brown était mort jusqu'à ce que Petrosky le lui dise.

La pièce tournait, la lumière du soleil soudainement si vive qu'il pouvait à peine distinguer les détails du visage de Donald, juste la silhouette d'un vieil homme fixant toujours la boîte sur la table, la photo de l'arme qui avait fait de lui un « héros ». Si cela était lié à Heather, à Donald, si ce secret que Norman connaissait était la raison pour laquelle le prêtre la surveillait... Norman avait-il surveillé Heather parce qu'il savait que Donald était instable ? Avec toutes ces conneries d'âme, cela aurait du sens. Mais Norman avait dit quelque chose à propos des transgressions passées étant « singulières », juste une erreur. Cela ne correspondait pas à ce que Donald avait fait dans la jungle. Donald avait-il blessé quelqu'un d'autre ? S'il avait su pour sa femme et le prêtre, cependant...

Dans le monde de Donald, l'infidélité était certainement un péché.

L'histoire disait que Nancy avait attendu qu'Heather soit partie à l'école, puis s'était allongée dans son lit et avait mis l'un des pistolets de Donald sur sa tempe. Mais si ce n'était pas elle qui avait appuyé sur la détente ?

— As-tu tué ta femme, Donald ? *Pour le salut de son âme ?*

Le regard de Donald s'était durci. Il fixait, sans ciller,

SALUT

mais il ne le niait pas. Une chaleur se répandit dans la poitrine de Petrosky et descendit le long de ses bras jusqu'à ses mains, serrant ses poings.

Pour le salut de l'âme. La phrase tournait en boucle dans son esprit — qu'avait dit Donald après qu'ils aient récupéré les cendres d'Heather ? Qu'Heather n'avait pas fait ce qu'elle aurait dû pour le salut de son âme, qu'il avait... fait tout ce qu'il pouvait pour elle. — As-tu... as-tu tué Heather aussi ? Sa voix tremblait. — Soulagé sa souffrance en lui donnant tes pilules d'Oxy avant de fracasser son crâne ? Mais pourquoi ? Quel péché monstrueux Donald pensait-il qu'Heather avait commis ?

Les mains de Donald se crispèrent sur ses genoux, et le petit chien sauta sur ses pattes en jappant, mais Donald attrapa la patte du chiot avant qu'il ne puisse sauter au sol. Le chien gémit, léchant frénétiquement les doigts de Donald comme si son amour pouvait faire en sorte que l'homme le relâche. Mais cet homme ne connaissait rien à l'amour. Et les mains de Donald ne tremblaient plus — pas du tout.

Il l'a tuée. Pourquoi diable l'avait-il tuée ? — Tu as laissé Heather rester aussi longtemps qu'elle s'occupait de toi, tant que tes factures étaient payées, mais quand tu as découvert qu'elle allait te quitter — *pour moi* — tu as décidé de...

— Je me fiche de l'argent. Je serai mort et enterré avant que la saisie ne soit finale, cracha Donald. J'ai passé toute ma vie à essayer de bien faire. J'ai expié, je me suis confessé, j'ai donné mon argent à l'église. Mais Dieu n'a cessé de me mettre des bâtons dans les roues. D'abord, c'était ma femme qui me trompait avec ce... ce... *faux prophète.*

Il avait su depuis le début, su pour le prêtre, pour l'argent. Et après qu'ils aient déménagé, il avait dit à Heather qu'il était malade, s'était assis dans ce fauteuil roulant, et n'en était plus jamais sorti. Même le Père Norman pensait qu'il était malade ; c'est pourquoi il ne le dénonçait pas maintenant. Il pensait que l'homme était mourant et ne représentait plus un risque — juste un mouton. Mais Donald avait toujours été un loup. — As-tu déjà été malade ?

— L'esprit peut être aussi criblé que le corps. Il baissa les yeux. — Mais oui, je suis plus malade maintenant — un cancer, que je ne traite pas. À l'époque, je me suis mis dans ce fauteuil pour montrer à Heather ce que c'était que de s'humilier. Sa mère est tombée enceinte en parlant à des gens à qui elle n'aurait pas dû — si elle n'avait pas parlé aux autres fornicateurs, peut-être serait-elle restée sur le droit chemin. Le silence aurait dû sauver Heather des péchés de sa mère et la tenir à l'écart des ennuis. Le silence aurait dû être la pénitence d'Heather — garder le silence est une vertu.

Le silence ? Pas étonnant qu'Heather ait été si douée pour garder des secrets, pourquoi elle avait été si méfiante à l'idée de parler à qui que ce soit. Et elle avait probablement su, ou du moins soupçonné, que Donald pouvait marcher aussi — elle avait été sacrément confiante qu'il pouvait vivre seul. — Tu t'es privé de mouvement en t'asseyant dans ce fauteuil, et tu as privé Heather de sa voix en... quoi ? La battant quand elle parlait trop ? Ou peut-être avait-elle craint que Donald ne la tue comme il avait tué sa mère. L'avait-elle su ?

— Dieu aime l'obéissance.

Le sang de Petrosky bouillonnait. Il ne s'agissait pas d'obéissance, il s'agissait de manipulation — de secrets. Et Heather n'était pas restée silencieuse. Heather *avait* parlé à Petrosky. Mais elle ne lui avait pas tout dit. Si elle l'avait fait, il aurait pu la protéger.

— Quoi que je fasse, je ne pouvais pas la sauver de sa nature. Le regard terne de Donald s'éclaira d'une lueur qui n'était pas tout à fait de la fureur, pas tout à fait de la culpabilité — une émotion étouffée enfouie profondément sous les mensonges qu'il se racontait. Et Petrosky avait soupçonné tout le monde sauf l'homme en face de lui. La culpabilité et le chagrin se mêlaient à la haine dans sa poitrine. La prochaine fois, il s'assurerait de mettre ce blâme là où il appartenait.

— Dis-moi ce que tu lui as fait. *Dis-le, espèce d'ordure.* Avait-il payé Brown pour la tuer ? Brown n'avait-il été que le chauffeur ? Petrosky voulait — *avait besoin* — d'entendre chaque détail, de ressentir les blessures comme si c'étaient les siennes ; il devait au moins ça à Heather avant de tout éteindre pour toujours.

Donald secoua la tête. — Tu ne comprends pas. Tu es aveugle, comme ce *Marius*. Il renifla. — Toujours à la suivre partout, à fourrer son nez là où il ne fallait pas.

Suivre... Enfin, les pièces du puzzle s'assemblèrent. Brown avait suivi Heather cette nuit-là parce qu'il la surveillait pour le Père Norman. Petrosky revit les yeux ternes de Brown, ses mains ensanglantées bougeant au ralenti, le choc. Brown ne l'avait pas tuée, il l'avait *trouvée*. Ses côtes brisées n'étaient pas dues à quelqu'un qui l'avait piétinée, mais parce que Brown avait essayé de la ranimer. Il avait essayé de pratiquer un massage cardiaque. Et quand Brown était retourné au pick-up, il avait trouvé un tueur masqué qui l'attendait avec une arme pointée sur sa tête. Mais quand même...

— Pourquoi ne pas avoir tué Marius la nuit où Heather est morte ?

— Je pensais qu'il pourrait se repentir.

— Mais pourquoi ne t'a-t-il pas dénoncé ?

Un sourire effleura les lèvres de Donald, juste le plus

petit des rictus, mais une folie horrible se cachait profondément dessous.

— Il ne savait pas qui j'étais. *Le masque.* — Et je lui ai dit que je tuerais sa mère.

— L'aurais-tu tuée ?

Il haussa les épaules. — Les fornicateurs méritent ce qui leur arrive — elle a l'espoir du salut, mais pas par elle-même.

— Ouais, quand j'entends « salut », la première chose qui me vient à l'esprit, c'est toujours de fracasser quelqu'un avec un pied-de-biche.

— Heather avait une chance de salut même avec sa putain de mère, grogna-t-il. Mais elle m'a trahi aussi, en allant voir ce fornicateur, en faisant du bénévolat là où le faux prophète lui disait d'aller, puis en me laissant ici dans mes derniers jours pour vivre avec... toi. Il se pencha en avant, les yeux fous.

C'est une bonne fille, une très bonne fille. — Qu'est-ce qui ne va pas chez toi, bon sang ?

— Crois-tu que tu aurais pu sauver son âme, Edward ? Aurais-tu pu la sauver de l'hypocrite qu'elle était devenue ? Je ne pouvais pas mourir en sachant que tu n'avais pas en toi de faire ce sacrifice. Tu ne l'as pas vue sortir en cachette habillée comme une putain — elle ne l'a peut-être fait qu'une fois, mais elle ne s'est jamais repentie, n'a jamais demandé pardon. Elle était destinée à être une Jézabel, tout comme sa mère.

Sortie en cachette une fois... une seule fois. Parce qu'elle avait un rendez-vous avec Gene. Et elle avait tellement peur que son père le découvre qu'elle avait laissé Petrosky croire qu'elle était une prostituée — n'était-ce pas pire ? Mais elle ne l'avait pas admis, ne l'avait jamais nié... n'avait rien dit du tout, pas avant qu'il ait déjà enlevé les menottes. Peut-être avait-elle simplement été paralysée par la peur quand Petrosky l'avait arrêtée, trop terrifiée pour le corriger, effrayée que son père apprenne qu'elle avait même été *soupçonnée* de faire le trottoir — comme si Donald croirait la fille d'une putain.

Pas étonnant qu'Heather n'ait rien dit à Donald à leur sujet jusqu'à ce que Petrosky débarque à l'improviste — pourquoi, quand il avait laissé échapper qu'ils sortaient ensemble, elle avait déménagé, alors qu'ils n'avaient même jamais parlé de vivre ensemble. Pourquoi elle insistait pour qu'ils sortent en public avec Donald au lieu de lui rendre visite chez lui. *Une raison de plus de sortir de la maison et de profiter de chaque jour*, murmura-t-elle dans sa tête. Elle avait peur de Donald, mais elle pensait que son père était mourant. Elle n'avait jamais réalisé qu'il prévoyait de l'emmener avec lui.

Roscoe gémit, et Petrosky posa sa main sur la crosse de son arme. *Je devrais flinguer ce connard tout de suite.* Non, il devrait appeler des renforts. — Je suppose que tu penses pouvoir me sauver aussi.

Petrosky s'approcha, fixant les yeux brillants de Donald. Pas un frémissement. Pas un tremblement.

— Tu as eu le fauteuil roulant, tu as dit à Heather de fermer sa bouche... de quoi ai-je besoin, Donald ?

— Il n'a fallu que quelques minutes pour le découvrir.

— Tu es entré par effraction chez moi, Donald ?

L'homme ne dit rien. Puis : — Ces yeux sont ton fardeau, toujours à regarder des choses que tu n'as pas besoin de voir. — Il baissa la voix en un murmure comme s'il confiait un secret juteux, et peut-être pensait-il que c'en était un. — Les carnets d'Heather, ses pensées ainsi exposées... elle aurait pu écrire n'importe quoi sur moi. *N'importe quoi.* Je n'ai pas pu tous les trouver, mais quand ils feront surface, quand tu les liras, tu seras tout aussi damné.

Bien sûr, damné. Ce connard voulait juste savoir si elle

avait écrit quelque chose d'incriminant sur lui. — Donc je devrais m'arracher les yeux, c'est ça ? Parce que la simple perspective de voir ses mots est un si terrible péché ?

— Seulement si tu veux le salut.

L'homme avait perdu la tête. Peut-être était-il parti dans la jungle normal, mais il en était revenu fou.

Qu'est-ce que tu veux être, mon gars ?

Sain d'esprit, monsieur. Pas comme ce connard.

— Heather n'avait pas besoin d'être sauvée, gronda Petrosky. Tu as sacrifié ton enfant sur l'autel de ta propre insécurité et d'une notion de salut à la con — mais le seul qui ait besoin d'être sauvé, c'est toi. — Il posa sa main sur sa ceinture. — Maintenant, ramène ton cul d'infirme ici avant que je ne pisse sur ta précieuse médaille.

Tout se passa rapidement, en flashs lumineux de couleur et de mouvement. Le regard de Donald passa de la médaille à Petrosky tandis que ce dernier desserrait sa ceinture. Puis Donald bondit, jaillissant du fauteuil comme s'il y avait des ressorts dans le siège, griffant et crachant, Roscoe basculant au sol et détalant tandis que Petrosky lâchait sa ceinture et esquivait l'homme. Donald s'écrasa contre la table. La boîte en verre se brisa au sol en mille morceaux étincelants. Donald hurla, de la bave s'accrochant à ses lèvres, ses yeux brûlant de fureur, mais un peu de marche sur tapis roulant ne pouvait rivaliser avec le fait de rester debout toute la journée — Petrosky glissa une jambe entre les chevilles de Donald, s'écarta à nouveau, et le regarda s'étaler au sol à quatre pattes. Puis il donna un coup de pied dans les côtes de Donald et plaqua son genou fermement contre la colonne vertébrale de l'homme, sentant les bras de Donald céder alors que son ventre heurtait le bois avec un *ouf*.

Petrosky tendit la main vers son arme, sentit le baiser froid du métal, vit le visage d'Heather dans son esprit, le plus infime tressaillement de ses lèvres tandis qu'elle murmurait : *Tire sur lui.*

Je ne peux pas.

Certaines choses ne pouvaient pas être justifiées, pas quand il y avait une meilleure solution. Il sortit ses menottes à la place, enfonça son genou plus fort dans le dos de Donald, et écouta l'homme gémir contre le parquet tandis qu'il faisait claquer le métal autour des poignets de Donald. Tout avait commencé avec l'acier des menottes, le premier bracelet qu'il avait offert à Heather. Cela devait se terminer avec des menottes aussi.

Du mur au-dessus, Jésus les observait, et Petrosky fixa le crucifix en retour. *Repentez-vous, pécheurs.* L'hypocrisie s'infiltrait dans ses os. Ils n'étaient tous que des humains : prêtres, parents, soldats, ses propres frères en bleu, tous imparfaits à leur manière, certains plus malades que d'autres. Même le Père Norman avait laissé sa propre fille avec un meurtrier pour protéger sa réputation. Il n'y avait pas de salut ; cette vie était la seule qu'on avait, et si on la gâchait ici, on n'avait pas de seconde chance.

Personne n'allait surgir pour vous sauver — tout comme personne dans la police ne l'avait aidé à résoudre cette affaire. Désormais, Petrosky ferait les choses à sa manière, et tant pis pour ceux qui n'aimaient pas ça. Il le ferait pour Heather. Pour toutes les oubliées, les femmes à qui on avait volé leur voix à cause de circonstances merdiques ou d'un maniaque déterminé à les faire taire — les femmes qui mouraient en vain, ignorées et seules, fourrées dans un tiroir avec les autres affaires non résolues parce qu'un détective connard pensait qu'elles n'avaient pas d'importance.

Petrosky planta son pied au centre du dos de Donald et sortit son paquet de cigarettes. Et tandis que la fumée s'enroulait autour de ses narines, obscurcissant le reste du monde, son esprit lui parut plus clair qu'il ne l'avait été depuis des années.

Qu'est-ce que tu veux être, mon gars ?

Un détective, monsieur. Petrosky sourit.

Un détective.

ÉPILOGUE
QUATRE MOIS PLUS TARD

Les jacinthes et les fleurs de pommier embaumaient l'air tandis que Petrosky conduisait à travers un charmant quartier de petites maisons aux pelouses bien taillées, parsemé de quelques bâtiments condamnés. Mais les arbres de cette rue compensaient largement les structures abandonnées ; des fleurs roses et blanches explosaient au-dessus de lui. Le printemps était arrivé tard cette année, mais ce n'était pas grave. Petrosky ne s'était pas vraiment senti « printanier » ces derniers temps. Il semblait presque anormal que les saisons changent, comme si le temps, lui aussi, essayait de laisser derrière lui l'horreur de cet hiver, essayant d'effacer le nom de Heather de son esprit. Tentant de chasser son sourire nerveux avec un soleil doré.

Il ralentit, ses pneus crissant sur le calcaire alors qu'il s'engageait dans une allée et se garait sous un énorme cerisier. La douceur des fleurs flottait lourdement dans l'air ; tout sentait plus les fleurs et moins le sang ces jours-ci. Ses souvenirs de Heather n'avaient pas encore disparu, mais il ne s'était pas réveillé avec des images sanglantes depuis des semaines, et son odeur, le son de sa voix... ces choses s'étaient aussi dissipées, avec la neige. Il essayait de ne pas se sentir coupable, se disait qu'il ne pouvait pas non plus se rappeler la voix de Joey — certains jours, il lui fallait plusieurs minutes pour se souvenir du nom de son camarade décédé. Cela arriverait sûrement aussi avec Heather, comme avec tous les autres souvenirs douloureux — finalement, il l'oublierait. Pour l'instant, oublier même de petits détails de Heather lui faisait mal au cœur... parfois. La plupart du temps, il n'y pensait tout simplement pas. Ne pouvait pas y penser. Pas s'il voulait rester au-dessus des ténèbres.

Mais il pensait à Donald. Et d'une certaine manière, cela atténuait la douleur de la perte de Heather, juste un peu, suffisamment pour respirer plus facilement. Donald n'avait pas menti à propos du cancer qui rongeait son pancréas et probablement le reste de son corps maintenant. Et il n'y avait aucune chance que l'homme revoie un jour l'extérieur de la prison. Le fusil dans le grenier de Don correspondait à la balle extraite de la poitrine de Marius Brown, et le pistolet dans la table de chevet de Donald, le même utilisé pour tuer sa femme, avait également tiré la balle qui avait blessé Patrick. Qu'ils parviennent ou non à le condamner pour le meurtre de Heather, il mourrait en cellule. Seul.

Au moins, Roscoe avait un nouveau foyer — bien meilleur.

Petrosky tendit la main vers la sonnette, et les jappements de Roscoe retentirent de l'intérieur. La poignée tourna. La porte s'ouvrit.

Linda lui sourit, ses yeux noisette se plissant aux coins tandis que Roscoe bondissait sur le porche et posait ses minuscules pattes avant sur le tibia de Petrosky, la queue remuant si fort que tout son corps frétillait. Petrosky n'avait pas voulu prendre le chien lui-même, ne pouvait tout simplement pas le faire, mais Linda... elle avait pris le relais. L'avait aidé plus que quiconque. Linda savait ce que c'était que de faire son deuil — elle avait été en couple avec un pompier tué lors d'une enquête sur un incendie criminel. Et elle s'en était remise.

Cela lui donnait de l'espoir.

Petrosky s'agenouilla et gratta derrière les oreilles de Roscoe, et le chien lui lécha la main si frénétiquement qu'il tomba de la jambe de Petrosky et atterrit sur le côté, puis bondit à nouveau sur ses pattes. Le petit chien était bien plus vif maintenant qu'il ne l'avait été sous les soins de Donald, et Petrosky se demandait si le père de Heather n'avait pas drogué le petit chiot pour le garder tranquille — forçant même son animal de compagnie à accepter son immobilité tordue et auto-infligée.

— Bon sang, qu'est-ce que tu lui donnes à manger ? Petrosky leva les yeux, et Linda, appuyée contre le chambranle, rit.

— Oh, tu sais. Un peu de ceci... Elle haussa les épaules et fit un geste vers la maison. En parlant de ça... tu veux un café ?

— Tu sais bien que je ne refuse jamais un bon café. Il se leva. Il buvait beaucoup plus de café — et beaucoup moins d'alcool — depuis que le chef avait commencé à lui donner plus de responsabilités. Il n'avait pas touché au whisky depuis un mois, bien qu'il soit sorti boire une Guinness avec son partenaire. Il n'était pas encore détective, mais il était sur la bonne voie — l'arrestation de Donald avait aidé sa crédibilité. Réussir les examens avait aidé encore plus. Même Patrick avait dit du bien de lui, puis avait dit à Petrosky de ne pas se reposer sur ses lauriers parce qu'il était temps qu'il grandisse par lui-même, peu importe la taille de son père — ou une connerie du genre.

Mais la recommandation de l'Irlandais avait aidé ; il s'avérait que d'être ami avec les hauts gradés avait ses avantages.

Mais Petrosky laisserait la convivialité au vieux Paddy.

Linda lui souriait toujours. — Je ne peux pas garantir que le café est bon, mais il est chaud.

— Tant que ce n'est pas du décaféiné.

— Comme si c'était vraiment du café. Elle leva les yeux au ciel et se dirigea vers l'entrée, mais se retourna. Au fait, merci pour le calcaire. Son regard s'adoucit. Ça a vraiment bien bouché les trous dans l'allée.

— Oh oui, pas de problème. J'en avais marre de presque me casser une jambe chaque fois que je venais caresser le chien, alors...

— Oui... j'imagine.

Le calcaire n'était pas un manteau violet ni même un jaune, mais c'était quelque chose. Quelque chose de bien.

Un bruissement se fit entendre au-dessus de lui, et il leva la tête vers les branches du cerisier. Un petit oiseau — une colombe grise — était perché en battant des ailes sur l'une des branches basses. Elle roucoula vers lui.

— Ça va ? Linda le regardait, la tête penchée.

Que veux-tu être, mon garçon ?

Heureux, monsieur. Heureux.

— Oui. Ça va. Il sourit et suivit Linda et Roscoe à l'intérieur.

***Affamé* est le tome 2 de la série Ash Park.**

AFFAMÉ
CHAPITRE 1
Dimanche 6 décembre

Concentre-toi, ou elle est morte.

Petrosky serra les dents, mais cela n'empêcha pas la panique de gonfler en lui, chaude et frénétique. Après l'arrestation de la semaine dernière, ce crime aurait dû être putain d'impossible.

Il aurait souhaité qu'il s'agisse d'un imitateur. Il savait que ce n'était pas le cas.

La colère lui nouait la poitrine tandis qu'il examinait le cadavre étendu au milieu du salon caverneux. Les intestins de Dominic Harwick se répandaient sur le sol de marbre blanc comme si quelqu'un avait essayé de s'enfuir avec. Ses yeux étaient grands ouverts, déjà laiteux sur les bords, donc cela faisait un moment que quelqu'un avait éviscéré ce pauvre type et l'avait transformé en poupée de chiffon dans un costume à 3 000 dollars.

Ce riche connard aurait dû pouvoir la protéger.

Petrosky regarda le canapé : luxueux, vide, froid. La semaine dernière, Hannah était assise sur ce canapé, le fixant de ses grands yeux verts qui la faisaient paraître plus âgée que ses vingt-trois ans. Elle avait été heureuse comme Julie l'avait été avant qu'on ne la lui arrache. Il imagina Hannah comme elle aurait pu être à huit ans, sa jupe tourbillonnant, ses cheveux noirs volant, son visage rougi par le soleil, comme sur l'une des photos de Julie qu'il gardait dans son portefeuille.

Elles commençaient toutes si innocentes, si pures, si... *vulnérables*.

L'idée qu'Hannah soit le catalyseur dans la mort de huit autres personnes, la pierre angulaire du plan d'un tueur en série, ne lui avait pas traversé l'esprit lors de leur première rencontre. Mais plus tard, si. Maintenant, oui.

Petrosky résista à l'envie de donner un coup de pied au corps et se reconcentra sur le canapé. Du sang cramoisi coagulait le long du cuir blanc comme pour marquer le départ d'Hannah.

Il se demanda si c'était son sang.

Le cliquetis d'une poignée de porte attira l'attention de Petrosky. Il se retourna pour voir Bryant Graves, l'agent principal du FBI, entrer dans la pièce par la porte du garage, suivi de quatre autres agents. Petrosky essaya de ne pas penser à ce qui pouvait se trouver dans le garage. Au lieu de cela, il observa les quatre hommes inspecter le salon sous différents angles, leurs mouvements presque chorégraphiés.

— Bon sang, est-ce que toutes les connaissances de cette fille se font descendre ? demanda l'un des agents.

— À peu près, répondit un autre.

Un agent en civil se pencha pour examiner un morceau de cuir chevelu sur le sol. Des cheveux blondblanc ondulaient, tels des tentacules, sur la peau morte, invitant Petrosky à les toucher.

— Vous connaissez ce type ? demanda l'un des acolytes de Graves depuis l'embrasure de la porte.

— Dominic Harwick, cracha presque Petrosky.

— Aucun signe d'effraction, donc l'un d'eux connaissait le tueur, dit Graves.

— *Elle* connaissait le tueur, dit Petrosky. L'obsession se construit avec le temps. Ce niveau d'obsession indique qu'il s'agissait probablement de quelqu'un qu'elle connaissait bien.

Mais qui ?

Petrosky se retourna vers le sol devant lui, où des mots griffonnés avec du sang avaient séché en un brun écœurant dans la lumière du matin.

Toujours dérivant le long du courant-
S'attardant dans l'éclat doré-
La vie, qu'est-ce d'autre qu'un rêve ?

L'estomac de Petrosky se serra. Il se força à regarder Graves. — Et, Han... — *Hannah*. Son nom resta coincé dans sa gorge, tranchant comme une lame de rasoir. — La fille ?

— Il y a des traces de sang qui mènent à la douche extérieure et un tas de vêtements ensanglantés, dit Graves. Il a dû la nettoyer avant de l'emmener. Les techniciens sont dessus en ce moment, mais ils s'occupent d'abord du périmètre. Graves se pencha et utilisa un crayon pour soulever le bord du cuir chevelu, mais il était collé au sol par du sang séché.

— Des cheveux ? C'est nouveau, dit une autre voix. Petrosky ne prit pas la peine de savoir qui avait parlé. Il fixait les taches cuivrées sur le sol, ses muscles tressaillant d'anticipation. Quelqu'un pouvait être en train de la déchiqueter pendant que les agents délimitaient la pièce. Combien de temps lui restait-il ? Il voulait courir, la trouver, mais il n'avait aucune idée où chercher.

— Mettez-le dans un sac, dit Graves à l'agent qui examinait le cuir chevelu, puis il se tourna vers Petrosky. Tout a été lié depuis le début. Soit Hannah Montgomery était sa cible depuis le début, soit elle n'est qu'une autre victime aléatoire. Je pense que le fait qu'elle ne soit pas étalée sur le sol comme les autres indique qu'elle est l'objectif, pas un extra.

— Il a quelque chose de spécial prévu pour elle, murmura Petrosky. Il baissa la tête, espérant qu'il n'était pas déjà trop tard.

Si c'était le cas, c'était entièrement de sa faute.

Obtenez *Affamé* ici :
https://meghanoflynn.com

Pour se sauver, elle devra affronter le tueur en série le plus vicieux du monde. Elle l'appelle simplement « Papa. »

« Une aventure palpitante. O'Flynn est une maîtresse conteuse. » (Auteur à succès du USA Today, Paul Austin Ardoin) : Lorsque Poppy Pratt part en voyage dans les montagnes du Tennessee avec son père tueur en série, elle est simplement heureuse d'échapper à leur mascarade quotidienne — mais après une série d'événements malchanceux qui les mènent à la maison isolée d'un couple, elle découvre qu'ils sont bien trop similaires à son père meurtrier… Parfait pour les fans de Gillian Flynn.

Tranchant et Méchant est le tome 1 de la série Né Méchant.

TRANCHANT ET MÉCHANT
CHAPITRE 1

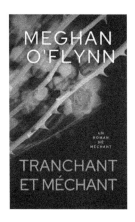

POPPY, MAINTENANT

J'ai un dessin que je garde caché dans une vieille maison de poupée — enfin, une maison pour les fées. Mon père a toujours insisté sur le fantaisiste, bien qu'en petites doses. Ce sont ces petites excentricités qui vous rendent réel aux yeux des autres. Qui vous rendent inoffensif. Tout le monde a une chose étrange à laquelle s'accrocher en temps de stress, que ce soit écouter une chanson préférée, se blottir dans une couverture confortable, ou parler au ciel comme s'il pouvait répondre. Moi, j'avais les fées.

Et cette petite maison de fées, maintenant noircie par la suie et les flammes, est un endroit aussi bon qu'un autre pour garder les choses qui devraient avoir disparu. Je n'ai pas regardé le dessin depuis le jour où je l'ai ramené à la maison, je ne me souviens même pas de l'avoir volé, mais je peux décrire chaque ligne irrégulière par cœur.

Les traits grossiers de noir qui forment les bras du bonhomme allumette, la page déchirée là où les lignes griffonnées se rejoignent — lacérée par la pression de la pointe du crayon. La tristesse de la plus petite silhouette. Le sourire horrible, monstrueux du père, au beau milieu de la page.

Avec le recul, ça aurait dû être un avertissement — j'aurais dû savoir, j'aurais dû fuir. L'enfant qui l'avait dessiné n'était plus là pour me dire ce qui s'était passé quand j'ai trébuché dans cette maison. Le garçon en savait trop ; c'était évident d'après le dessin.

Les enfants ont une façon de savoir des choses que les adultes ignorent — un sens aigu de l'autoconservation que nous perdons lentement au fil du temps, alors que nous nous convainquons que le picotement le long de notre nuque n'est rien d'inquiétant. Les enfants sont trop vulnérables pour ne pas être gouvernés par l'émotion — ils sont programmés pour identifier les menaces avec une précision chirurgicale. Malheureusement, ils ont une capacité limitée à décrire les périls qu'ils découvrent. Ils ne peuvent pas expliquer pourquoi leur professeur est effrayant ou ce qui les fait se précipiter dans la maison s'ils voient le voisin les épier derrière les stores. Ils pleurent. Ils font pipi dans leur pantalon.

Ils dessinent des images de monstres sous le lit pour traiter ce qu'ils ne peuvent pas articuler.

Heureusement, la plupart des enfants ne découvrent jamais que les monstres sous leur lit sont réels.

Je n'ai jamais eu ce luxe. Mais même enfant, j'étais réconfortée de savoir que mon père était un monstre plus grand et plus fort que tout ce qui pouvait exister à l'extérieur. Il me protégerait. Je savais que c'était un fait comme d'autres savent que le ciel est bleu ou que leur oncle raciste Earl va gâcher Thanksgiving. Monstre ou non, il était mon monde. Et je l'adorais comme seule une fille peut le faire.

Je sais que c'est étrange à dire — aimer un homme

même si vous voyez les terreurs qui se cachent en dessous. Ma thérapeute dit que c'est normal, mais elle a tendance à enjoliver les choses. Ou peut-être qu'elle est si douée pour la pensée positive qu'elle est devenue aveugle au véritable mal.

Je ne suis pas sûre de ce qu'elle dirait du dessin dans la maison de fées. Je ne suis pas sûre de ce qu'elle penserait de moi si je lui disais que je comprenais pourquoi mon père a fait ce qu'il a fait, non pas parce que je pensais que c'était justifié, mais parce que je le comprenais. Je suis une experte quand il s'agit de la motivation des créatures sous le lit.

Et je suppose que c'est pour ça que je vis où je vis, cachée dans la nature sauvage du New Hampshire comme si je pouvais garder chaque morceau du passé au-delà de la frontière de la propriété — comme si une clôture pouvait empêcher l'obscurité rôdante de s'infiltrer par les fissures. Et il y a toujours des fissures, peu importe à quel point on essaie de les boucher. L'humanité est une condition périlleuse, remplie de tourments auto-infligés et de vulné-rabilités psychologiques, les et si et les peut-être contenus seulement par une chair fine comme du papier, dont chaque centimètre est assez mou pour être percé si votre lame est aiguisée.

Je savais cela avant de trouver le dessin, bien sûr, mais quelque chose dans ces lignes irrégulières de crayon l'a ancré, ou l'a enfoncé un peu plus profondément. Quelque chose a changé cette semaine dans les montagnes. Quelque chose de fondamental, peut-être le premier soupçon de certitude que j'aurais un jour besoin d'un plan d'évasion. Mais bien que j'aime penser que j'essayais de me sauver dès le premier jour, c'est difficile à dire à travers le brouillard de la mémoire. Il y a toujours des trous. Des fissures.

Je ne passe pas beaucoup de temps à me remémorer ; je ne suis pas particulièrement nostalgique. Je pense que j'ai perdu ce petit morceau de moi-même en premier. Mais je n'oublierai jamais la façon dont le ciel bouillonnait d'électricité, la teinte verdâtre qui s'enroulait dans les nuages et semblait glisser dans ma gorge et dans mes poumons. Je peux sentir la vibration dans l'air due aux oiseaux s'élevant sur des ailes battant frénétiquement. L'odeur de terre humide et de pin pourrissant ne me quittera jamais.

Oui, c'était l'orage qui l'a rendu mémorable ; c'étaient les montagnes.

C'était la femme.

C'était le sang.

***

Obtenez *Tranchant et Méchant* ici : https://meghanoflynn.com

***

Lorsqu'un enfant est retrouvé mort, déchiqueté dans les bois, le médecin légiste conclut à une attaque de chien — mais le shérif adjoint William Shannahan pense que le tueur était humain. Pour résoudre l'affaire, il doit se tourner vers sa petite amie, Cassie Parker, qui en sait plus qu'elle ne veut bien le dire… Un thriller irrésistible dans la lignée de Karine Giebel, Marc Levy et Gillian Flynn, Des Ombres *est une exploration mentale de l'obsession, du désespoir et jusqu'où nous sommes prêts à aller pour protéger ceux que nous aimons.*

DES OMBRES
CHAPITRE 1

Pour William Shannahan, six heures trente le mardi 3 août était « le moment ». La vie était pleine de ces moments, lui avait toujours dit sa mère, des expériences qui vous empêchaient de redevenir qui vous étiez avant, de minuscules décisions qui vous changeaient à jamais.

Et ce matin-là, le moment était venu et reparti, bien qu'il ne l'ait pas reconnu, et qu'il n'aurait jamais souhaité se rappeler de ce matin-là aussi longtemps qu'il vivrait. Mais il ne pourrait jamais, à partir de ce jour, l'oublier.

Il quitta sa ferme du Mississippi un peu après six heures, vêtu d'un short de course et d'un vieux T-shirt encore éclaboussé de peinture jaune soleil provenant de la décoration de la chambre d'enfant. *L'enfant*. William l'avait nommé Brett, mais il ne l'avait jamais dit à personne. Pour tout le monde, le bébé n'était que cette-chose-dont-on-ne-pouvait-jamais-parler, d'autant plus que William avait aussi perdu sa femme à l'hôpital Bartlett General.

Ses baskets vertes Nike frappaient le gravier, métronome sourd alors qu'il quittait le porche et s'engageait sur la route parallèle à l'Ovale, comme les habitants appelaient cette zone boisée de près de cent miles carrés devenue un marécage lorsque la construction de l'autoroute avait endigué les ruisseaux en aval. Avant la naissance de William, la cinquantaine de malheureux propriétaires à l'intérieur de l'Ovale avaient reçu une indemnité des promoteurs quand leurs maisons avaient été inondées et déclarées inhabitables. Maintenant, ces maisons faisaient partie d'une ville fantôme, bien à l'abri des regards indiscrets.

La mère de William avait qualifié cela de honte. William pensait que c'était peut-être le prix du progrès, bien qu'il n'ait jamais osé le lui dire. Il ne lui avait jamais dit non plus que son meilleur souvenir de l'Ovale était quand son meilleur ami Mike avait tabassé Kevin Pultzer pour l'avoir frappé à l'œil. C'était avant que Mike ne devienne shérif, à l'époque où ils n'étaient tous que « nous » ou « eux », et William avait toujours fait partie des « eux », sauf quand Mike était là. Il aurait pu s'intégrer ailleurs, dans un autre endroit où vivaient les autres ringards maladroits, mais ici à Graybel, il était juste un peu... bizarre. Tant pis. Les gens de cette ville bavardaient beaucoup trop pour leur faire confiance en tant qu'amis de toute façon.

William huma l'air marécageux, l'herbe fraîchement tondue aspirant ses baskets tandis qu'il accélérait le pas. Quelque part près de lui, un oiseau poussa un cri perçant et aigu. Il sursauta lorsqu'il s'envola au-dessus de lui avec un autre cri agacé.

Droit devant, la route menant à la ville baignait dans une aube filtrée, les premiers rayons du soleil peignant le gravier d'or, bien que la route fût glissante de mousse et d'humidité matinale. À sa droite, de profondes ombres l'attiraient depuis les arbres ; les grands pins se serraient comme s'ils cachaient un secret dans leurs sous-bois. Sombre mais calme, silencieux-réconfortant. Jambes pompant, William quitta la route en direction des pins.

Un claquement, comme celui d'un coup de feu étouffé, résonna dans l'air matinal, quelque part dans la quiétude boisée, et bien que ce ne fût sûrement qu'un renard, ou peut-être un raton laveur, il s'arrêta, courant sur place, un malaise se répandant en lui comme les vers de brouillard qui ne faisaient que maintenant sortir de sous les arbres pour être brûlés à mesure que le soleil faisait son entrée. Les flics n'avaient jamais un moment de répit, bien que dans cette ville endormie, le pire qu'il verrait aujourd'hui serait une dispute sur le bétail. Il jeta un coup d'œil sur la route. Plissa les yeux. Devait-il continuer sur la rue principale plus lumineuse ou s'échapper dans les ombres sous les arbres ?

Ce fut son moment.

William courut vers les bois.

Dès qu'il mit le pied à l'intérieur de la lisière des arbres, l'obscurité descendit sur lui comme une couverture, l'air frais caressant son visage tandis qu'un autre faucon criait au-dessus de sa tête. William hocha la tête comme si l'animal avait cherché son approbation, puis essuya son front d'un revers de bras et esquiva une branche, trottinant prudemment le long du sentier. Une branche accrocha son oreille. Il grimaça. Un mètre quatre-vingt-dix était génial pour certaines choses, mais pas pour courir dans les bois. Soit ça, soit Dieu lui en voulait, ce qui ne serait pas surprenant, bien qu'il ne sache pas clairement ce qu'il avait fait de mal. Probablement pour avoir ricané en se souvenant de Kevin Pultzer avec son T-shirt déchiré et son nez ensanglanté.

Il sourit à nouveau, juste un petit cette fois.

Lorsque le sentier s'ouvrit, il leva son regard au-dessus

de la canopée. Il avait une heure avant de devoir être au commissariat, mais le ciel couleur étain l'incitait à courir plus vite avant que la chaleur ne s'installe. C'était une bonne journée pour fêter ses quarante-deux ans, décida-t-il. Il n'était peut-être pas le plus beau gars du coin, mais il avait la santé. Et il y avait une femme qu'il adorait, même si elle n'était pas encore sûre de lui.

William ne la blâmait pas. Il ne la méritait probablement pas, mais il essaierait sûrement de la convaincre du contraire comme il l'avait fait avec Marianna... bien qu'il ne pensât pas que des tours de cartes bizarres aideraient cette fois. Mais le bizarre était tout ce qu'il avait. Sans cela, il n'était qu'un bruit de fond, une partie du papier peint de cette petite ville, et à quarante et un ans — *non, quarante-deux maintenant* — il lui restait peu de temps pour recommencer à zéro.

Il réfléchissait à cela lorsqu'il tourna au virage et vit les pieds. Des plantes de pieds pâles à peine plus grandes que sa main, dépassant de derrière un rocher couleur rouille situé à quelques mètres du bord du sentier. Il s'arrêta, son cœur battant un rythme erratique dans ses oreilles.

S'il vous plaît, faites que ce soit une poupée. Mais il vit les mouches bourdonnant autour du haut du rocher. Bourdonnant. Bourdonnant.

William s'avança prudemment le long du sentier, cherchant à sa hanche où se trouvait habituellement son arme, mais il ne toucha que du tissu. La peinture jaune séchée lui égratigna le pouce. Il plongea la main dans sa poche à la recherche de sa pièce porte-bonheur. Pas de pièce. Seulement son téléphone.

William s'approcha du rocher, les bords de sa vision sombres et flous comme s'il regardait à travers un télescope, mais dans la terre autour de la pierre, il distingua de profondes empreintes de pattes. Probablement celles d'un chien ou d'un coyote, bien que celles-ci fussent *énormes* — presque de la taille d'une assiette à salade, trop grandes pour tout ce qu'il s'attendait à trouver dans ces bois. Il scruta frénétiquement les sous-bois, essayant de localiser l'animal, mais ne vit qu'un cardinal l'évaluant depuis une branche proche.

Il y a quelqu'un derrière, quelqu'un a besoin de mon aide.

Il s'approcha du rocher. *S'il vous plaît, faites que ce ne soit pas ce que je pense.* Deux pas de plus et il pourrait voir au-delà du rocher, mais il ne pouvait détacher son regard des arbres où il était certain que des yeux canins l'observaient. Pourtant, rien d'autre que l'écorce ombragée des bois environnants. Il fit un autre pas — le froid suinta de la terre boueuse dans sa chaussure et autour de sa cheville gauche comme une main sortie de la tombe. William trébucha, détournant son regard des arbres juste à temps pour voir le rocher lui foncer sur la tête, et puis il se retrouva sur le côté dans la boue visqueuse à droite du rocher à côté de...

Oh mon Dieu, oh mon Dieu, oh mon Dieu.

William avait vu la mort au cours de ses vingt années en tant qu'adjoint du shérif, mais généralement c'était le résultat d'un accident dû à l'ivresse, d'un accident de voiture, d'un vieil homme retrouvé mort sur son canapé.

Ce n'était pas ça. Le garçon n'avait pas plus de six ans, probablement moins. Il gisait sur un tapis de feuilles pourries, un bras drapé sur sa poitrine, les jambes écartées au hasard comme s'il avait, lui aussi, trébuché dans la boue. Mais ce n'était pas un accident ; la gorge du garçon était déchirée, des lambeaux de chair irréguliers étaient pelés, pendant de chaque côté de la chair musculaire, comme la peau non désirée d'une dinde de Thanksgiving. De profondes entailles pénétraient sa poitrine et son abdomen, des balafres noires sur une chair verdâtre et marbrée, les blessures obscurcies derrière ses vêtements en lambeaux et des bouts de brindilles et de feuilles.

William recula en rampant, griffant le sol, son soulier boueux heurtant le mollet ruiné de l'enfant, où les os blancs et timides du garçon jetaient un coup d'œil sous le tissu noirâtre en train de coaguler. Les jambes semblaient ... *mâchées.*

Sa main glissa dans la boue. Le visage de l'enfant était tourné vers lui, la bouche ouverte, la langue noire pendante comme s'il était sur le point de supplier de l'aide. *Pas bon, oh merde, pas bon du tout.*

William parvint enfin à se mettre debout, arracha son portable de sa poche et appuya sur un bouton, enregistrant à peine l'aboiement de réponse de son ami. Une mouche se posa sur le sourcil du garçon au-dessus d'un unique champignon blanc qui rampait vers le haut sur le paysage de sa joue, enraciné dans l'orbite vide qui avait autrefois contenu un œil.

— Mike, c'est William. J'ai besoin d'un... Dis au Dr Klinger d'amener le fourgon.

Il fit un pas en arrière, vers le sentier, son soulier s'enfonçant à nouveau, la boue essayant de l'enraciner là, et il arracha son pied avec un bruit de succion. Un autre pas en arrière, et il était sur le sentier, et un autre pas hors du sentier à nouveau, et un autre, encore un autre, ses pieds bougeant jusqu'à ce que son dos heurte un chêne noueux de l'autre côté du chemin. Il leva brusquement la tête, plissant les yeux à travers l'auvent feuillu, à moitié convaincu que l'agresseur du garçon serait perché là, prêt à bondir des arbres et à le précipiter dans l'oubli avec des mâchoires écorchantes. Mais il n'y avait pas d'animal misérable. Du bleu filtrait à travers la brume filtrée de l'aube.

William baissa le regard, la voix de Mike n'étant qu'un crépitement lointain irritant les bords de son cerveau mais ne le pénétrant pas — il ne pouvait pas comprendre ce que son ami disait. Il arrêta d'essayer de le déchiffrer et dit : — Je suis sur les sentiers derrière ma maison, j'ai trouvé un corps. Dis-leur de venir par le chemin du côté de Winchester. Il essaya d'écouter le combiné mais n'entendit que le bourdonnement des mouches de l'autre côté du sentier — avaient-elles été si bruyantes un instant auparavant ? Leur bruit s'amplifia, amplifié à des volumes contre nature, remplissant sa tête jusqu'à ce que tous les autres sons disparaissent — Mike parlait-il encore ? Il appuya sur *Fin*, rangea le téléphone dans sa poche, puis s'adossa et glissa le long du tronc d'arbre.

Et William Shannahan, ne reconnaissant pas l'événement sur lequel le reste de sa vie allait pivoter, s'assit à la base d'un chêne noueux le mardi 3 août, mit sa tête dans ses mains et pleura.

Découvrez plus de livres de Meghan O'Flynn ici : https://meghanoflynn.com

À PROPOS DE L'AUTEUR

Avec des livres jugés « viscéraux, envoûtants et totalement immersifs » (Andra Watkins, auteure à succès du New York Times), Meghan O'Flynn a laissé son empreinte dans le genre du thriller. Meghan est une thérapeute clinicienne qui puise son inspiration pour ses personnages dans sa connaissance approfondie de la psyché humaine. Elle est l'auteure à succès de romans policiers saisissants et de thrillers sur les tueurs en série, qui emmènent tous les lecteurs dans un voyage sombre, captivant et irrésistible, pour lequel Meghan est reconnue.

Vous voulez entrer en contact avec Meghan ?
https://meghanoflynn.com

Droits d'auteur © 2015 Pygmalion Publishing

Ce livre est une œuvre de fiction. Les noms, personnages, entreprises, lieux, événements et incidents sont soit le produit de l'imagination de l'auteur, soit utilisés de manière fictive. Toute ressemblance avec des personnes réelles, vivantes ou décédées, ou des événements réels est purement fortuite. Les opinions exprimées sont celles des personnages et ne reflètent pas nécessairement celles de l'auteur.

Aucune partie de ce livre ne peut être reproduite, stockée dans un système de récupération, scannée, transmise ou distribuée sous quelque forme ou par quelque moyen que ce soit, électronique, mécanique, photocopiée, enregistrée ou autre, sans le consentement écrit de l'auteur. Tous droits réservés.

Distribué par Pygmalion Publishing, LLC

www.ingramcontent.com/pod-product-compliance
Ingram Content Group UK Ltd.
Pitfield, Milton Keynes, MK11 3LW, UK
UKHW040126241224
452783UK00004B/205